मुक्त तरंगिनी

साझा काव्य संग्रह

AF783173

सम्पादन एवं संकलन

पूरनभंडारी सहारनपुरी

साहित्य प्रकाशन संस्था

प्रखर गूंज

दिल्ली - 110089 , भारत

दूसरा संस्करण : 2019

ISBN : 978-81-940938-2-4

प्रकाशक

प्रखर गूँज साहित्य प्रकाशन संस्था
एच - 3 /2 , सेक्टर - 18 ,
रोहिणी, दिल्ली -110089
दूरभाष : 7982710571

दूसरा संस्करण : 2019

शब्द संयोजन : नीलू सिन्हा
आवरण : काव्या अग्रवाल

मुक्त तरंगिनी
Collection of poems
By selected writers

Published by
PRAKHAR GOONJ PRAKASHAN
Delhi – 110089
E-mail : prakhargoonj@gmail.com

संपादक की कलम से

सागर के वक्ष पर मुक्त भाव से अठखेलियाँ लेती जल की लहरों सी विचारधारा जब हृदय पटल से उभरकर अल्फ़ाज का रूप ले कलम द्वारा कागजों पर इठलाती सी चलती हैं वो जीवन की मुक्त तरंगिनि बन जाती है।

अनेको विधाओं में बंधा हिंदी साहित्य जब बंधन मुक्त होता हुआ रचनाओं का नया स्वरुप गढ़ता है तो शब्दों और विचारों को उड़ान भरने के लिए अनंत आकाश प्रदान करता है। इस उन्मुक्तता में विधाओं के बंधन नहीं माने गये। इसलिए नित नये प्रयोग और विचारों से ओतप्रोत रचनायें पाठक व श्रोतागण को हर बार ताज़गी व नयी खुशबू का एहसास कराती है। आलोचक भले ही मेरे मत से सहमत ना हो फिर भी पाठकों और लेखकों को यह कहना चाहूंगा कि कविता वह खूबसूरत पौध है जिसका अंकुर किसी भी समय किसी के भी हृदय में पनप सकता है। इसको पनपने के लिए आकाश का खुलापन और हवा की ताज़गी चाहिए। विचारों की खिलखिलाती धूप और अनुभूतियों का एहसास पा यह पौध लहलहा उठेगी।जब इन खूबसूरत और गहन अनुभूतियों को विधाओं की बेड़ियां पहनाई जाती है तो भले ही ये रचनायें अपना विशेष स्थान बना ले पर हृदय से निकलते एहसासों का रूप और तरन्नुम बदल जाता है।

इसलिए उन्मुक्त भाव से लिखिए । बहने दीजिए भावों को उन्मुक्तता में । जब मनोभाव स्वतंत्र होंगे , अनुभूतियां दिल की गहराईयों को छूने लगेंगी । उत्कृष्ट रचनाओं का जन्म होगा।

पूरनभंडारी सहारनपुरी

क्रम तालिका

जयशंकर पाण्डेय

माता	गीता पाण्डेय
पिता	अशोक कुमार पाण्डेय
कार्यस्थल	प्रयागराज में प्रतिस्पर्धी परीक्षाओं की तैयारी
पता	(ग्राम-चकवा,पोस्ट-देवरिया,जिला-बलरामपुर,उ०प्र०)
मोबाइल नम्बर	7905217683,9519926632

मातृ शक्ति की गौरव गाथा

मातृ-शक्ति की गौरव गाथा को यदि जग पहचानेगा
आराध्यदेवि की भाँति ही नारी को भी देवी मानेगा
सुधा-वृष्टि होगी तब ही वसुधा की इस फुलवारी में
मातृ-शक्तियों को जब जग भगिनी और माता मानेगा
हे विक्षिप्त भाव भरे लोगों! तुम कैसी नीति सिखाते हो
कुकर्मों से मानवता पर तुम खूब कहर बरपाते हो
पग-पग कहते हो राम – राम श्रीराम हमारे दाता हैं
पीत-वस्त्र लंबे टीके से तेरा गहरा नाता है
यदि राम की मर्यादाओं का भी थोड़ा ज्ञान तुझे होता
तो आज कोई माँ –बाप यहाँ बेटी को लेकर न रोता
जननी भी बेटी है जिसने जन्म तुझे दिया होगा
तेरे कुकर्मों पर उसने घुट-घुट कर जहर पिया होगा
तू खुद को पुरुष बताता है कैसी तेरी पौरुषता है।
तेरे जैसों को देख-देख मानवता का दम घुटता है
आए दिन जब दुराचार फैलाते हो इस धरती पर
तब-तब मरती है मानवता जाती है प्रतिदिन अर्थी पर

भारत की संस्कृति को हो तुम कलुषित भावों से तोड़ रहे
अपने विक्षिप्त भाव से तुम जन-जन में विष क्यों घोल रहे
प्रहलाद,ध्रुव,लव-कुश,की धरती को अपमानित करते हो
हर एक कदम में मानवता को तुम अवमानित करते हो
मातृ-शक्ति की ममता को ,क्षमता को तुम क्या जानोगे
खुद की पहचान यूँ ही न अभी तुम जग को क्या पहचानोगे
आदर ,सद्भाव,सहजता,से नारी के सम्मुख जाओगे
सीता,अनुसुइया,सावित्री के दर्शन ही तुम पाओगे
त्याग,सुकोमल,ममता की तो नारी ही परिभाषा है
संसार की सुंदरतम कृति में नारी को जाना जाता है
सती धर्म सिखलाने वाली अत्रि –मुनि की प्यारी थीं
त्याग मूर्ति हर दुख को सहतीं माता जनकदुलारी थीं
जग को सत्प्रेम सिखाने वाली भी तो श्यामा प्यारी थीं
पतिव्रता की अनुपम रचना सावित्री भी नारी थीं
मानव हित धरती पर उतरीं माता अष्ट भवानी थीं
सन्-सत्तावन में टूट पड़ीं गोरों पर झाँसी रानी थीं
फिर गौरवशाली परम्परा को दोहराया कन्याओं ने
कल्पना चावला,पी०वी०सिंधु,सानिया जैसी सबलाओं ने

हे मातृशक्ति जागो-जागो अब खुदको तुम्हें बचाना है

सबला की परिभाषाओं को सार्थक तुम्हें बनाना है

भद्र कालिका रूप धरो और दैत्यों का संहार करो

हे मातृ-शक्ति तुम जाग उठो और धरती का उद्धार करो

झूठी मर्यादाओं का अब भान कराया जाता है

झूठी मर्यादाओं का अब भान कराया जाता है
चाटुकारिता करने पर सम्मान कराया जाता है
बढ़-चढ़कर हिस्सा लेते हैं आडंबर आयोजन में
वोट बैंक का भाव हैं रखते केवल वो अपने मन में
इनके कलुषित भावों से ही राष्ट्र भावना मरती है
जातिवाद की राजनीति ही भाईचारा डसती है
नेताओं का भाव बना है सत्ताधारी होने का
समय दिख रहा विश्वगुरू द्रष्टा के सपने खोने का
लोकतंत्र की परिभाषाओं को अपमानित करते हैं
सांसद और विधायक जब चोरों की खिदमत करते हैं
राजनीति बलिदानी बेटों का बँटवारा करती है
गाँधी,सुभाष,टैगोर,तिलक के चेहरे लेकर चलती है
बलिदानी बेटों के खूँ को क्यों अवमानित करते हो
भारत माता के मस्तक को क्यों अपमानित करते हो
अपमानित भाषाओं की भी कुछ मर्यादा होती है
शासन,सत्ता के लालच में राष्ट्र एकता खोती है

पत्थरबाजी,गुण्डागर्दी देश विरोधी नारों को
नेता ही तो सह देते हैं देश के इन गद्दारों को
शासन और प्रशासन की ये कैसी जिम्मेदारी है
भ्रष्टाचार के मुखिया हैं ये इनकी साझेदारी है
कुछ कमियाँ हैं जनता में भी जनता ये सह जाती है
कर्त्तव्य बोध न होने के कारण विष पी जाती है
यदि जन प्रतिनिधि चाहें भारत से भ्रष्टाचार हटाना है
गाँधी के सपनों का भारत राम राज्य अब लाना है
इतना ही वो कह दें ये अभियान चलाया जायेगा
संवैधानिक अधिकारों का भान कराया जायेगा
तब कदम-कदम पर शोषण करने वाली नीति नहीं होगी
यदि जनता समझे अधिकारों को तो अनरीति नहीं होगी
कदम-कदम जनहित में हों और जो जनता के पोषक हों
हम नेता समझें उनको जो राष्ट्रभक्ति के द्योतक हों
हमसे ,तुमसे ही नेता हैं हमसे तुमसे अधिकारी
लोकतंत्र में बच्चा-बच्चा ही तो है सत्ताधारी
जाग उठो अधिकारों के प्रति तुम सचेतता दिखलाओ
शंकर कहता राष्ट्र एकता तुम से है तुम ही लाओ

सभी के दिलों में तू सद्भाव भर दे

प्रभु दिल को सभी के तू मासूम कर दे

बहे प्रीति सब में तू सब को ये वर दे

मासूमियत से भरी हो धरा ये

सभी के दिलों में तू सद्भाव भर दे

बहे प्यार की धार कल-कल धरा पर

परहित की वाणी ही शाम-ओ-सहरदे

परिणति हो सबकी धर्म में हमेशा

सच्चे धर्म की तू पहचान दे-दे

हो सद्भाव संयम हो समता सभी में

सभी पे तू ऐसा ही उपकार कर दे

तन-मन रमें प्रतिक्षण सत्करम में

सब में अहिंसा का तू भाव भर दे

हो कैसा भी कलुषित ह्दय या गरल मन

तू सब में सुधा रस की बहती लहर दे

करता है विनती ये शंकर हे भगवन्

अपने चरण में तू सबको शरण दे

पहचान खतरे में है

न हिंदुत्व खतरे में है न इस्लाम खतरे में है

धर्म के ठेकेदारों की पहचान खतरे में है

रही इनकी यहाँ पर आगे भी गर ऐसी मनमानी

संदेह सैनिकों के शौर्य पर और माँगे निशानी

चलो बनकर के हिंदुस्तानी मेरे प्यारों , अजीजों

नहीं तो अपना प्यारा मुल्क हिंदुस्तान खतरे में है

सियासत क्या करेगी अब यहाँ पर कुछ नहीं मालूम

मंदिर-मस्जिद की खातिर मरे हैं कितने ही मजलूम

कोई मंदिर का होता है कोई मस्जिद का होता है

कोई गुरुद्वारा को तो कोई गिरिजाघर संजोता है

बहे नित प्रेम , संयम , एकता और भावसमता के

रहे इंसानियत जिसमें वही इंसान होता है

यहाँ पक्षी भी मंदिर और मस्जिद एक कहते हैं

कभी मंदिर पे वो रहते कभी मस्जिद पे रहते हैं

वजू गंगा में करके मुस्लिम भी नमाज पढ़ते हैं

सियासी भेंड़ियों की भी रही है लालसा अपनी

स्वयं के स्वार्थ के खातिर ही तो राजनीति करते हैं

कभी बाँटा था गोरों ने यहाँ हिंदू व मुस्लिम को

वही हैं बात दोहराते यहाँ पर आज कुछ अंग्रेज
ब्रिटिश औलाद ही तो हैं जो ऐसी बात करते हैं
कोई कहता है मुस्लिम हैं मेरे ,हिंदू , सिख ,ईसाई
कोई कहता है ब्राह्मण हैं मेरे ठाकुर , यादव , दलित हैं
करते घोषणा हैं क्यों नहीं राजतंत्र का ये लोग
गला लोक तंत्र का ये राजनेता रोज कसते हैं
अरे वंशज हैं हम रसखान व कबीर के साहब
रही सच्चाई जितनी आज तक बस उतना लिखते हैं
विकास का है जो मुद्दा न देते ध्यान हम उस पर
सियासत के इस दल – दल में सदा फँसते ही जाते हैं
कभी काँग्रेसी , भाजपाई, सपा ,बसपा का हो करके
वैचारिकता की क्षमता को हम खोते ही जाते हैं
करो आह्वान आओ एक साथ एक मंच पर
दिखा दो विश्व को भारत का फिर से एकता का बल
न हो जाति ,धर्म का भेद भाव अब यहाँ मन में
जुबाँ पर हिंद जय – जय हिंद रहे अब गूँजता हर पल
करे गुणगान भारत वर्ष का हर साँस तक शंकर
करे सम्मान विवेकानंद और कलाम का शंकर
रहा सर्वोच्च है वो मुल्क, है जिस में एकता का बल

तुम उनका आह्वान करो तो सही

दिव्यशक्ति हैं पुंजों में ब्रह्माण्ड में
तुम उनका आह्वान करो तो सही
भर लो समता, सरलता से सद्भाव से
सत्य, संयम से दिल को भरो तो सही
दिव्य आभा तुम्हारी हो भानु सदृश
तुम सच की अनल में तपो तो सही
तुम प्रभु के परिंदे हो आये यहाँ
अपनी ताकत की पोथी पढ़ो तो सही
सब मिलेंगे तुम्हें सत्य सद्भाव से
तुम खुद को सुधामय करो तो सही
बात भावों की होती है प्रतिक्षण यहाँ
सद्भावों से दिल को भरो तो सही
क्यों ये कहते हो कि तुम कमजोर हो
दिव्य शक्ति से एक पल जुड़ो तो सही
तीर्थ ,संगम है ये धर्म और साधना
कर्म सच्चे हृदय से करो तो सही
है शंकर नहीं कुछ असंभव यहाँ
सत्य संकल्प से तुम बढ़ो तो सही

मातु शारदा वंदना

बुद्धिदा , ज्ञानदा मातु हे शारदा
दे- दे क्षमता मुझे मैं रचूँ काव्य माँ
पुत्र तेरा हूँ माता तू कर दे कृपा,
सत्य, प्रीति का शौर्य, का दे भाव माँ,
हर समय हर घड़ी में तुम विश्वास हो,
मातु विमलेश्वरी तुम मेरी आस हो,
सार शब्दों में माता तू भर दे मेरे,
लेखनी को हे माता तू वर दे मेरे,
भाव निःस्वार्थ का मातु रखूँ सदा,
कर तेरा सिर पे मेरे रहे माँ सदा
न मैं जानूँ माँ भक्ति न आराधना
न मैं जानूँ माँ कैसे करूँ साधना
मेरी औकात माता है इतनी नहीं
दे सकूँ मैं सबब तेरे रूतबे का माँ
दे माँ ऐसी शंकर को माँ शारदा
कर सकूँ मैं प्रकाशित यह ब्रह्माण्ड माँ
बुद्धिदा, ज्ञान दा मा तुहे शारदा
दे – दे क्षमता मुझे मैं रचूँ काव्य माँ

माँ मैं बुझते चिरागों को बल दे सकूँ

भूखे , प्यासों को अन्न और जल दे सकूँ

भाव समता का रखूँ सभी के लिए

बन सकूँ मैं सहारा सभी के लिए

सच्ची श्रद्धा व विश्वास दे माँ मुझे

वास अपने हृदय में तू दे माँ मुझे

दे – दे करूणा, दया ,त्याग ,संयम हे माँ

दे – दे ज्ञानेश्वरी ज्ञान का दान माँ

बुद्धिदा, ज्ञानदा मातु हे शारदा

दे – दे क्षमता मुझे मैं रचूँ काव्य माँ

अमिता सक्सैना

एम् ए, एम् एड

पिता	ओम कुमार सक्सैना
माता	कमला सक्सैना
जन्म	स्थान -लखनऊ
निवास	मैसूर
प्रकाशित पुस्तकें	किसलय, प्रेम एक जनम, गुलदस्ता , घरोंदा, ये मेरी रचना
पुरस्कार	नारी शक्ति सम्मान , नए पल्लव गौरव सम्मान काव्य रंगोली साहित्य भूषण

जब रिश्ता हो

जब रिश्ता हो
दिल में क्यों शिकायतें
समझौते हो एक हद तक
छूटे न कोई पुरानी आदतें
जब रिश्ता हो
क्यों किसी के लिए खुद को बदल लेना
किसी की अदा से क्यों चिढ़ना
बिना किसी बात
कभी क्यों नाराज़ पल पल होना
बेबजह बेतुकी बात पर झगड़ना
कभी पनघट सी हंसी पर खिलना
जब रिश्ता हो
सोचो सूरज न चाँद कभी बदले
सोचो है सब पूरक ,ये सिद्धांत न बदले
प्रेम जैसा है उसे फिर क्यों आप बदले
जब रिश्ता हो तो ऐसा हो।

ये ज़माना

जमाना बताएगा तेरी हर कमी

तू अपनी खूबी पहचान

जमाना गिरायेगा तुझे नीचे

तू पंछी की उड़ान भर

जमाना याद दिलाएगा तेरी हार

तू अपनी जीत की कोशिश कर

जमाना बुझायेगा तेरा जोश

तू अपना ओज़ सदा जगा

जमाना छीनेगा तेरा मीठा सा बचपन

तू अपने दिल को बच्चा ही रख

जमाना करेगा संदेह तेरी नीयत पर

तू खुद पर विश्वास बना कर रख

जमाना धकेलेगा तुझे बार बार भीड़ में

तू अपनी नयी पहचान संवार कर रख

जमाना निभाएगा दुश्मनी हर कदम

तू दोस्ती की मशाल जला कर रख

जमाना देगा तुझे मुश्किलों से भरा कालकूट

तू संकटो से लड़ने की हिम्मत रख

जमाना झुक कर करेगा तुझे सलाम

तू कामयाबी नहीं करम को सोच

ज़माना करेगा तुझे फक्र से याद

तू ज़माने को बदल के देख

वक़्त की पुकार

वक़्त को कब कौन जान पाए ?

वक़्त हर पल नए रंग दिखाए

ये मेहरबान हो , किस्मत मुस्काये

ये नाराज़ हो , किस्मत शरमाये

इतनी खामोश इसकी करवट

आहट भी न कोई पाए

मखमल भी जिसको चुभता हो

वक़्त उसे काँटों पर सुलाए

छप्पन भोग जिससे न पड़े पूरे

वक़्त उसे बासी भात खिलाये

वक़्त न सही तो सौ लाख पूत ,सवा लाख नाती

फिर भी देह को कौन आग लगाए,

वक़्त की नज़ाकत को न समझा

फिर वक़्त उसे कठिन डगर चलाये

वक़्त है खास , जो न सीखे

वक़्त उसे फर्शो-आम पर ले आये

दूसरो की आँखों को नम करने वाले

वक़्त न जाने कब तुझे रुलाये

दूसरो के यकीन को तोड़ने वाले

वक़्त न जाने कब भरोसे से खेल जाये

कब तक बेचारी ?

कभी राखी कभी करवा - चौथ की थाली में सजाये
हिंदुस्तान की हर नारी हर रिश्ता प्रेम से निभाए
दिन भर लव यू के सन्देश कार्ड्स की क्या जरुरत
ये तो हर पहर अपनों के खातिर मिटाये वजूद
सुबह की कच्ची नींद भुला आटे की लोई में समेटे
अपने कमर दर्द को भूल सबके कपडे चमकाए
कोमल है लेकिन वक़्त पर आग में भी कूद जाये
उसका प्यार बाढ नहीं ,जो उतरे तो तबाही लाये
ये है ठंडी बारिश की बून्द जो आत्मा को भिगोये
हिंदुस्तानी नारी रखती प्रेम कई पर्दो में सिमटाए
लेकिन वही तो प्रेम को हर हाल में निभाए
कोमल इतनी कि पल में घबरा जाये
मज़बूत इतनी कि अकेली शिवाजी को बनाये
माँ बन सबको दुआ में समेटे है
बहन बन हर राज़ को ढकती है
पत्नी बन हर कदम साथ देती है
बेटी बन दुनिया सजा देती है
स्त्री ही है जो अपमान करने वालो
का भी दुनिया में सम्मान बढ़ाती है
नारी सब कुछ सहने की हद के
आगे जा कर भी सह जाती है
पर नारी अब न जागी तो
क्या देर नहीं हुई जाती है
खुद को समझ खुद को जान
खुद को क्यों हमेशा भूल जाती है
नारी तू दुर्गा, काली, शक्ति, शारदा,
फिर पीड़ित क्यों कहलाती है
अब ले प्रण ओ भारत की नारी
सम्मान के बदले सम्मान देना सीख
न हो आँखों में पानी , न तू बेचारी
तेरी एक हुंकार से भस्म होगा
जो हाथ तेरे आंचल को छुएगा
तेरी आवाज़ अब न दबेगी
रसोई से संसद तक तेरी तूती बजेगी

कर्म और भाग्य

साथ साथ पर जुदा जुदा
कर्म और भाग्य को अलग मानों
एक सिक्के दो पहलू हो जैसे
एक दरिया के दो किनारे
साथ है पर मिल न पाते
एक के बिना दूजा रहा अधूरा
कर्म बसे माथे के पसीने में
भाग्य हाथ की लकीर में
कर्म संगीत बन सकता
तो भाग्य भी कुछ सुर सा है
मधु अगर करम में है तो
मिठास इसकी भाग्य में छिपी
पहले महीने की पहली और
दूसरे महीने की आखिरी तारीख
कितनी पास , पर कितनी है दूर
आदि रहा हमेशा कर्म
अंत भाग्य भी तो नहीं
दोनों एक माला के मोती से
एक पहला और दूजा आखिरी
दोनों को अपनाओ , फिर देखो
जिंदगी जर्रे से आसमान पर जाये

भूखा अन्नदाता

सत्यम शिवम् सुंदरम सी इस अन्नदाता की कहानी
क़र्ज़ में जनम क़र्ज़ में मरण बस इतनी सी जिंदगानी
सूरज से पहले खेतो को जाता है
मिट्टी को पसीने से सींचे
हाड़ को अपने जलाये
सूनी धरती की कोख में बीज
बिना धन के कैसे रोपे
रिश्तो की लाज दांव पर लगाए
साहूकार मंगल सूत्र को गिरवी रखाये
नौकरशाही के जाल में बेचारा फंस जाए
फसल में मुनाफा छोड़ लागत भी न पाए
न पूछो अब कर्ज़ा कैसे चुकाये
पत्नी को नयी साड़ी बेटी की फीस कैसे जुटाए
टपकती छत की मरम्मत आधी रह जाये
इन सबके दिल को टूटता देख , घबराये
कोई जबाब न मिले तो, जान गवाए
सबका पेट भरे फिर परिवार भूखा छोड़ जाये
सोचो उपाय जो अन्नदाता का तारनहार बन जाये

मैं और आप - हम

मैं अनलिखा अनकहा अल्फ़ाज़, आप हसीं ज़ज़्बात हैं
मैं सात सुर गीत के ,आप खनकता साज़ हैं
मैं आत्मा की तड़प ,आप मोक्ष का वरदान हैं
मैं उड़ान को तरसता पंछी ,आप हौसलों की उड़ान हैं
मैं मेघ की गिरी एक बून्द ,आप सीपी की दीवार हैं
मैं मुसीबतो से हार जाऊं, आप उम्मीद की आवाज़ हैं
मैं बंधती जाऊं हर बंधन में , आप हर साँस आज़ाद हैं
मैं बन जाऊं सागर बेलगाम ,आप तो भव सागर के पार हैं
मैं मांगू फल ही फल ,आप हर करम का आधार हैं
मैं रहती अज्ञान के तिमिर में, आप ज्ञान प्रभा भरमार हैं
मैं हीन हूँ सामान्य बुद्धि से ,आप शांत चित्त भाव विभोर हैं
मैं प्रीति छन डरु काल से ,आप स्वयं काल सवरूप हैं
में उलझूँ मोह के धागो में, आप स्वयं अनुराग हैं
मैं खोजू खुशबू को गली गली ,आप पुष्प और पराग हैं
मैं क्या जानूं ज्ञान को ,आप सत्य और विज्ञान   हैं
मैं जाना चाहूँ स्वर्ग को ,आप मोक्ष और परमार्थ हैं
मैं अदना सा एक जीव, आप मेरे परम आराध्य है
मैं खोजू आपको क्षितिज तक, आप सदा हदय के पास है
मैं पालूं चाह चिर मिलन की, आप तो मेरा विश्वास है

आपकी मुहब्बत

हम खता करके भी माफ़ी न मांग सके
आप बेगुनाह होकर भी करे क्षमा प्रार्थना
कितनी अजीब मुहब्बत
हम बाँधे इश्क़ को शर्तों के घेरे में
आप बिना जिद करते रहे समर्पण
कितनी सादी मुहब्बत
हम बेपरवाह रहे आपकी ख्वाहिशों से
आप पूरी करते रहे मेरी हर आरज़ू
कितनी नादान मुहब्बत
हम बढ़े आगे जिंदगी की राह पर
आप उसी मोड़ पर करे मिलन का इंतज़ार
कितनी मासूम मुहब्बत
हम सीधे सवाल को को दे टाल
आप बिन पूछे ही दे हर जबाब
कितनी आसान मुहब्बत
हम खो जाये सुन्दर ख़्वाबों में हर रात
हम याद में नींद पास भी न आने दे
कितनी सच्ची मुहब्बत
हम निभाए दुनिया का हर रिश्ता
आप के लिए हमारे सिवाय कोई काम नहीं
कितनी दीवानी मुहब्बत

बेटी

अब बेटी को बता देना
बेटी अब इतना करना
अपने बेटियों को गुड़िया न देना
किचेन सेट भी न देना
खिलोने की बन्दूक जरूर दे देना
अपने सामने दरिंदो को मार सके
बेटी आटा गुथना न आये कोई बात नहीं
रोटी तिरछी बने कोई डर नहीं
जुडो कराटे जरूर सिखा देना
बुरी नज़र वाले हैवानो की आँख नोच सके
बेटी कभी भूलना नहीं वो सारे पल
जब तुम्हारी माँ , दादी ने चुप कराया था
अपनी बेटी को इतना विश्वास देना
वहशी छुए तो अपना विश्वास बनाये रख सके
बेटी अपने बेटो को खाना बनाना सिखा देना
अपने बेटो को कहना, नहीं है वो महान
बेटा करे हर लड़की का सम्मान
किसी भी हालत में बेटा करे कुछ 'गलत '
न सोचना उससे है घर रोशन
बेटी जो तुमने सहा तुम्हारी बेटी न सहे
रसोई तक न हो तेरी जिम्मेदारी
पहचान अपनी सदा शान से बनाना
बेटी पैदा होने पर जश्न कुछ ऐसा करना।

एक रिश्ता

छात्र हुआ जब सोचने लायक
इन्होंने दिए हर अल्फ़ाज़
बच्चों की सूरत कैसी भी हो
गुरु ने दी अच्छे सीरत
आपको आता है छोटी बातों
पर जल्दी से खुश हो जाना
गुरु ने सिखाया बड़ी बात
पर खामोश रहना
जब आप बने तपती रेत
गुरु बादल बन बरसा
आपको बनाने सच्चा मोती
गुरु बन गया खुली सीपी
जब आप हो गए बेलगाम मौज
गुरु बना सागर के मज़बूत किनारे
जब आपने चाही पंछी सी उड़ान
गुरु ने दिखाया अनंत आसमान
जब आप भटके और खो गए
तब गुरु ने दी आपको एक नयी पहचान i

चारु शिखा

जन्म एवं जन्मस्थान	20 जनवरी 1983 शाहजहांपुर (उत्तर प्रदेश)
शिक्षा	बी. ए. (लखनऊ विश्व विद्यालय)
प्रकाशन-	अमर उजाला कॉम्पेक्ट, डेली न्यूज़ एक्टिविस्ट (लखनऊ) सुबह सवेरे डेली न्यूज़ पेपर (भोपाल) एवं पत्रिकाओं में कविता लघु कथा एवं लेखों का समय -समय पर प्रकाशन।
पुस्तक	लघु कथा एवं काव्य संग्रह
सम्मान	वुमन आवाज सम्मान एवं काव्य संपर्क सम्मान (जयपुर ,राजस्थान)
पता	उन्नाव, उत्तर प्रदेश

प्रेम रंग

तुम्हारे सपने
मेरी आँखो में
तुम्हारी बाते
मेरी बातों में
कुछ न कहकर
सब कह देना
कैसी-कैसी
दिन और रातें
सर्द हवाएं
गुनगुनी धूप
तुम्हारी हर पल
याद दिलाएं
गुड़ सी मीठी
मिर्ची सी तीखी
जो देखे
कह न कुछ पाएं
तुम बिन
तुम संग
रहती हरदम
जैसे
एक प्याला
गर्म चाय।

बेटी

बेटी की बेटी आई है
घर मे खुशहाली लाई है।

महका रही घर को
गूंज रही किलकारी
करती है मीठी बातें
बुलाती है नाना-नानी।

बेटी की बेटी आई है
घर मे रौनक लाई है।

चिड़िया सी चहचहाती
सबके मन को भाती
नन्हें-नन्हें कदमो से
पूरा घर घूम आती।
बेटी की बेटी आई है
उत्सव का रंग लाई है।
खेलती रहती है चुपचाप
करती नही शोर है
भूख लगे जब
कहती दूध-दूध है।
बेटी की बेटी आई है
घूमने की शौकीन है।
बेटी की बेटी आज चली गई
घर का आँगन सूना है
कोने मे रखा सामान है
अपने मोह मे रंग कर
यादों का दीप जलाकर
खुशियों की बारिश कर कर
बाय-बाय कह कर
चेहरे पर मुस्कान
और आँखों की पलके भिगोकर
राम-राम कहकर
बेटी की बेटी चली गई है।

प्रार्थना

जमुना का तट
और
पूर्णिमा की चाँदनी रात
मुरली की धुन
केवल वही सुन सकता है
जो
प्रेम को पहचानता है
कृष्ण सा प्यार
राधा सा समर्पण
सबमे कहाँ होता है...
राधे कृष्णा
माखन चोर है
तो
चित्तचोर, भी
छलिया है. तो
रसिया भी,
यशोदा का लाला है
तो
राधा का किसना भी,
गोपियों संग रास रचाने वाला
तो
द्रौपदी की मान बचाने वाला,
माखन चुराने वाला
तो
छुपकर मटकी फोड़ने वाला,
गाय चराने वाला
तो
खेल-खेल मे
कालिया का उद्धार करने वाला

कृष्णा प्रेम का प्रतीक
बाँसुरी की तान
छेड़ती उंगलियां
तो
पापियों का संहार करने हेतु
सुदर्शन चक्र को चलाने वाली उंगलियां
गाय के खुरों से
निकली धूल से नहाना
तो
बंसी की धुन पर
सबको अपना बनाना
गाय के झुंडों का अपने आप चले आना।
कृष्णा को पाना
और
न पाने मे भी
उसमे समाहित हो जाना।
हरे कृष्णा
राधा-रानी
का नंगे पाव
दौड़े चले आना
आज भी
मंदिरों मे
राधे-कृष्ण के
दर्शन पाना
हे प्रभु
मुझे अपनी शरण बुलाना।

माँ

तुम तो सारे
जग की माँ हो
सब जानती हो
फिर क्यों?
स्त्री पर इतने सवाल,
आशीर्वाद दो माँ
हर पल हर क्षण
आपकी छत्रछाया मे रहूँ
कष्टों का सामना कर सकूं
तो मुस्कुरा के सबका सामना
सहनशीलता का वर दो
आओ माँ
हर स्त्री में शक्ति भर दो
कर सके अपनी रक्षा वो
संहार का वरदान दो।

माया नगरी

माया नगरी
सपनों और उम्मीदों से भरी
हर रोज
हजारों आते -जाते
कुछ छा जाते
कुछ खो जाते
कुछ वक्त के साथ
बदल जाते
रात ही तो सुबह होती
और जिन्दगी भागती
सुबह तो शांत और रुक सी जाती
जीवन चलता रहता
कुछ संवरता
कुछ बिखरता
कुछ गुमनामी
की चादर ओढ़
इधर-उधर भटकता
रोशनी और नशे मे
अपने को अकेला करता
तो कही
हर दिन एक नया संघर्ष
मुझे एक कदम
आगे करता।

रिश्ते

रंगीन चूड़ियों से होते रिश्ते

कुछ हल्के

कुछ गहरे

कुछ सजाते

कुछ रुलाते

जीवन मे नया अनुभव लाते

कुछ मनभावन

कुछ गहरे घाव दे जाते

कुछ खनखनाते

कुछ अलग हो जाते

कुछ साथ मिल

नया रुप-रंग लाते

जीवन की बगियाँ महकाते

कुछ नयी शुरुआत कराते

कुछ रिश्तों से आजाद कराते

रंगीन जीवन कर जाते

कुछ जीवन से रंग चुराते......।

सुनो

सुनो
यह रात का सन्नाटा
और
ठंड मे ठिठुरता बचपन
एक चादर
और
फटा कम्बल
बच्चों को समेटे माँ
गुलाबी ठंडे पैर
कपकपाते होंठ
बना गठरी सा
माँ की गोद
और
झीना आँचल
देखता माँ को
चूसता उंगली
मूंद लेता आँखे
माँ की भीगी पलके
कसकर थाम लेती
हे ईश्वर बस तुम्हारा
नाम लेती.....।

गुलाब

जितना खूबसूरत

उतना कीमती

काँटों मे होकर भी

खिलखिलाता,

सबको आकर्षित करता

खुशबू दूर तक जाती....

पाने की चाहत मे

कितनों को पास लाती

सुर्ख लाल,गुलाबी

प्रेमियों को भाते

सबके मन के रंग

इसमे मिल जाते

गुलाब सा जीवन

सब न जी पाते

जो जी जाते

वह सिर्फ मुस्काते

घर की बगिया

महकाते,

गुलाब बन काँटों

से निभाते।

हम साथ

ये बिखरे पन्ने

ये बिखरे रंग

यह रात का सन्नाटा

अलग ही कहानी

बयां कर रहे...

न तुम

न तुम्हारी याद

फिर भी

हर जगह

पर

हम साथ..

डॉ. उषा किरण

माता	स्व. सावित्री देवी
पिता	श्री सत्य नारायण भक्त
पति	फणि भूषण प्रसाद
जन्म तिथि	14 अगस्त
जन्म स्थान	परसौनी नाथ, मोतीपुर, मुजफ्फरपुर (बिहार)
शिक्षा	बी.एड, पीएच. डी. (समाजशास्त्र)
पता	ग्राम +पोस्ट - बीजधरी, भाया – केसरीया, पूर्वी चंपारण (बिहार)
प्रकाशित पुस्तकें	उम्मीद की किरण (एकल संग्रह) तेरे मेरे शब्द, शब्द कलश, स्त्री एक आवाज, शब्द - शब्द कस्तुरी (साझा संग्रह)
सम्मान	काव्य संपर्क सम्मान - 2018, शब्द कुंज सम्मान 2018, काव्य सागर सम्मान 2018, माँ शारदे सम्मान 2018
संप्रति	शिक्षण और लेखन

पौधे खूब लगाएँ

आओ आज हम यत्न करें,
पौधे खूब लगाएँ।
उनपर अपने बच्चों सा,
लाड़ खूब जताएँ।

इन्हें नहीं चाहिए खेल-खिलौने,
कपड़े न डिब्बी मिठाई की।
केवल जल से सींच दो,
निभाते प्रीत मिताई की।

सुंदरता इनसे घर-आंगन की,
खूब निखरती जाएगी।
प्राण वायु उर्जित होंगे,
बगिया सुरभित हो जाएगी।

आपके चित्त होंगे प्रसन्न,
जब खिलेंगे रंग-बिरंगे फूल।
स्वच्छता घर में आएगी,
दूर होंगे प्रदूषण के शूल।

दो पल इनसे बातें करके,
सारी थकान मिट जाती है।
उदासी छू मन्तर होती ,
मुस्कान मधुर खिल आती है ।

तेरी खट्टी-मीठी यादें

गोल-गोल सी छोटी आँखें,
चंचलता से भरी हुई।
नन्ही-नन्ही उँगलियों में,
सारी दुनिया धरी हुई।
संग-संग बतियाना तेरा,
पोपली हँसी तुम हँसते थे।
घुटरून चलत सरपट-सरपट,
हरदम नजरों में रहते थे।
देख चुप चेहरे को मेरे,
विस्मय से तेरा भर जाना।
नन्हें हाथों की थपकी से,
पा उत्तर खिल सा जाना।
खूब भला था रूठना तेरा,
मुँह सिकोड़ गर्दन झटकाना।
भिन्न-भिन्न भावों में जैसे,
अपने मन की बात बताना।
पाँव पटक खीसें निपोरना,
जब चाहत गोद की होती थी।
झट गले लग चिपक सा जाना,
जब - जब मैं सामने होती थी।
मैंने खूब सहेज रखा है,
खट्टी-मिठी यादें तेरी।
आबाद आज भी रहती हैं,
उन पलों में छोटी दुनिया मेरी।

सुन लो पुकार

गूँजता क्रंदन यहाँ,
सुन लो पुकार भी।
आस लगाए बैठे हैं,
करो तुम उद्धार भी।
धर वेश चंडी का,
दुष्टों को संहार दे।
रूप ले ममता का,
भक्तों को दुलार दे।
घूमते कितने चंड-मुंड,
करते उत्पात रात-दिन।
वसुधा भी बेचैन है,
गए सारे चैन छीन।
माँ, अपनी संतानों में,
सिंह का दहाड़ भर।
करो शत्रु का दलन,
दे वर न देर कर।
प्रकाशित हो हर उर,
निर्मल ज्ञान पुंज से।
दिग-दिगंतर गूँजित हो
शंख नाद की गूँज से।

नहीं प्रलय में देरी है

देखो कैसे इन्सानियत,
मुँह छिपा के सो रही है।
बैठ कचरे की बोरी पर,
भूख स्वयं पर रो रही है।

सड़ रहे हैं अन्न भरे,
अनगिनत गोदाम जहाँ।
दाने-दाने को तरस रहे,
कितने मासूम नादान यहाँ।

माँ लाचार है बीमारी से,
पिता को किस्मत ने छीन लिया।
कोमल हाँथों से कचरा बीनते,
दुर्भाग्य ने बचपन लील लिया।

सिर झुकाए सोच रही,
माँ बन बैठी है बहना।
कैसे भूखे पेट भरेंगे,
कैसे होगा अब रहना।

क्या अजब खेल है दुनिया का,
कितने लोग मरते हैं खाने से।
वहीं रह जाते हैं कितने,
वंचित दो रोटी पाने से।

आँखें खोलो ए जग वालों,
नहीं प्रलय में देरी है।
समय रहते संभल जाओ,
अब आती बारी तेरी है।

विडंबना

धरा की जिनसे हरियाली है,
सर्वत्र छाई रहती खुशहाली है।

सर्दी-गर्मी को सहते हैं,
श्रृंगार धरा का करते हैं।

खून-पसीने को करते होम,
लिए शून्य ताकते हैं व्योम।

वे सारे दर्द को पीते हैं,
अपने जख्मों को सीते हैं।

जब पड़ती है खेतों में दरार,
बहते हैं आँसू जार - जार।

खुशियों का आँगन लुटा हुआ,
उम्मीद का दामन फटा हुआ।

विडंबना जब सह नहीं पाते हैं,
तब मृत्यु को गले लगाते हैं।

जब उनको नहीं संभालोगे ,
फिर पेट को कैसे पालोगे।

जब विकटता अन्न की छाएगी,
फिर कुर्सी न भूख मिटाएगी।

याचना

प्रभु ! इतनी सी याचना है,
है इतनी विनय हमारी।
कलुष भाव मुक्त कर दो,
पावन वसुंधरा हमारी।

दृष्टि बदल रही है,
हो रहा विचार दूषित।
निर्दयता का है अट्टाहस,
है कुविचार पोषित।

कितने यहां दुःशासन,
हैं चीर हरते पल-पल।
सरिता लगी लजाने,
देख बहते अश्रु अविरल।

सहमी हुई सी रहती,
मासूम की निगाहें।
कैसे कहाँ जकड़ ले,
दानवता की बाहें।

अवतार ले लो हर घर,
हुई जो देर एक पल।
सृष्टि का अंत होगा,
धरा समाएगी रसातल।

भक्ति की शक्ति

हे! माँ जग की तारणहारी,
विनय हमारी सुन माता।
दर - दर की ठोकर खाकर,
दीन तेरे दर पर आता।
भक्तों के दुःख को हर कर,
तुम सारे क्लेश मिटाती हो।
सारे जग की माता हो,
सबके मन को भाती हो।
वचन दिया था तुमने माँ!
दुःखियो के दर्द मिटाने का।
आज घड़ी है आन पड़ी,
तुम दिए वचन को याद करो।
कर सकें प्रतिकार अन्याय का,
हममें सिंह गर्जना आज भरो।
रक्षक बन बैठा है भक्षक,
मानवता रोती है जार – जार।
भक्ति में शक्ति भर दे माँ!
ले लो अवतार बस एक बार।

निःशब्द वार्ता

कुछ दूर चली आई हूँ
स्मृतियों में संग तेरे
करते हुए मौन आँखों की
उतरती सी दिल में
गहरे तक और
वहीं अटक सी जाती
तेरी - मेरी वह
निःशब्द सी वार्ता..
हमने नहीं की कभी
वैसा संवाद जिसमें
पड़ी हो जरूरत
चंद लफ्जों की
फिर भी मौन का
वह अक्षर - अक्षर
पढ़ लेती थीं आँखें जैसे
अंबर रात की नीरवता में
लुढकाता है कुछ अश्रु
जज्बातों के
बूंद-बूंद में विरह के मोती को
समेटती आँचल में
स्वयं का उत्सर्ग करती रजनी
तब वह बन जाती है
मेरी ही परिभाषा
तेरे साँसों की कस्तूरी
बसी मेरे साँसों में
मुझे कराती भेंट तेरे मौन से
तेरे पास से गुजरकर आती वह हवा...
तैरती अंबर में बदली
कुछ कहती है
मेरी आँखों में छोड़ कर नमी
तब मैं भटकती

तेरे ख्यालों में
दूर - दूर तक निकल जाती हूँ
करती तुमसे
वह अनकही सी
निःशब्द वार्ता..।

दहलीज

श्वेत बिन्दु कुछ
झिलमिल सी
हरे पत्तों पर
खिलखिला रही है
जैसे तैरती आँखों में
असंख्य स्वप्नों की खिलखिलाहट
इन बूँदों से टकराती
चंचला - चपला किरणें
करती गुदगुदी सी
अधूरे स्वप्नों के
कई अक्स
झाँकते अन्तर से
चटकती कलियों में
उड़ती खुशबू में
और झरते हृदय के
रंग महल में
हरश्रृंगार के जैसे
ख्वाहिशों की फैलाए झोली
प्रतीक्षारत मैं
कि तुम लौट आओ
उसी पुराने रूप में
एक बार फिर से
दस्तक दो तुम
स्मित अधर
फिर से
मेरी चाहतों की
दहलीज पर..... ।

विज्ञान

बिना ज्ञान - विज्ञान के,
मानव मूढ़ कहलाता है।
अज्ञानी जो रहा सदा,
वह वृथा जन्म गंवाता है।

अपनी धरती है उर्वरा,
उर्वर इसकी संतान है।
समृद्ध हमारी सभ्यता,
अद्भुत ज्ञान - विज्ञान है।

ऋषि - मुनि के वेश में,
वे थे वैज्ञानिक संत।
नाम उनका है जग जाहिर,
जिनका आदि न अंत।

विश्व अचंभित हो रहा,
पढ़ कर वेद - पुराण।
सदियों पहले वर्णित है,
वैज्ञानिक व्याख्यान।

आओ अपनी परम्परा को
और समृद्ध बनाएँ।
विश्व पटल पर भारत को,
वास्तविक पहचान दिलाएँ।

कंचन पाण्डेय

पिता का नाम	श्री सुभाष चन्द्र ठाकुर
माता का नाम	श्रीमती कुमिता ठाकुर
पति का नाम	सुनील पाण्डेय
स्थायी पता	ढोलबज्जा वाया फारबिसगंज जिला अररिया बिहार
ई मेल	kpdps1077@gmail.com
शिक्षा	P.G in Zoology and Hindi
जन्म एवं जन्म स्थान	१५/०७/१९७८ , फारबिसगंज
व्यवसाय	शिक्षिका, दिल्ली पब्लिक स्कूल, BPKIHS, धरान, नेपाल
प्रकाशन विवरण	घर-परिवार , कविता चतुष्पदी (४) पुरुष प्रधान संसार , कविता विश्वभाषा हिंदी , कविता बचपन , कविता चलो स्कूल चलें कविता नारी संसार , लेख श्रद्धांजलि , कविता जन्मभूमि, कविता स्नेह की डोर

सत्य की पुकार

दे दो अब त्रिशूल मुझे
दुष्टों का संहार करूं
दुष्टों के प्राण पर
अब न कोई विचार करूं

दान दे दे त्रिनेत्र अपना
मिटा सकूं उन दुष्टों को
खाक कर रहे जो धर्म को
उसको मैं राख करूं

खोल दिए हैं केश मैंने
गंगा माँ को समेट लूँ
यह शक्ति प्रदान कर
लहर में बहा सकूँ

दे दो अब त्रिशूल मुझे
दुष्टों का संहार कर
इस धरा का कष्ट हरूं
थक गया है धर्म यहाँ

अधर्म को ताक कर
वैसी शक्ति प्रदान कर
असत्य के बीज को
धरा से उखाड़ दूँ

सत्य ही सत्य बहे
धरा से आकाश तक
दे दो अब त्रिशूल मुझे
दुष्टों का संहार करूँ।

जिन्दगी एक सीख

जिन्दगी ने सीखा दिया
कौन है अपना दिखा दिया
कानों में बोला करता था
मन मेरा भी डोला करता था
सब पर विश्वास था
सब से गहरी आस थी
इसको उसने हिला दिया
देखो जिन्दगी ने कुछ सीखा दिया
सब पर दम भरा करते थे
औरों के दुःख महसूस करते थे
दुःख से मन आहत होता था
पर यह अपनी चाहत होती थी
देखो जिन्दगी ने यह सीखा दिया
अंदर का चेहरा दिखा दिया
मै भी अपने हठ पर था
ना ख़त्म होने वाली लत पर था
कदम कदम बढता गया
टुकड़े - टुकड़े मैं घटता गया
अब साँसों में भी
मैं बंटता गया
अब शायद एहसास हुआ
सच !! आखिर जिन्दगी ने
सब कुछ सीखा दिया
मुझको उसने जगा दिया।

तलाश

हर शहर ढूंढता है

हर पहर ढूंढता है

ए दिल के अहसास

कहाँ खो गए तुम

यह नजर ढूंढ़ती है

न पराया ही है

न अपना रहा

नजर मिट्टी के पुतलों पर असर ढूंढता है

हर शहर ढूंढता है

हर पहर ढूंढता है

ए दिले अहसास

कहाँ खो गए हो तुम

जिन्दा हूँ जिन्दों के लिए

अब यह साँसों की डोर भी ,

दूसरा सफर ढूंढ़ती है।

अज्ञानता

यह कैसी अज्ञानता है

किस अँधेरों ने घेरा है

चारों ओर अँधेरा है

या

इन अंधेरों को हमने पाला है

ज्ञान कहाँ खो गया

या

हमने मुँह मोड़ लिया

आज अंधेरों में चलना आसान है

ज्ञान रास्ते का क्यों पाषाण है

किसने इसे चलाया है

सब ने इस पथ को अपनाया है

यह कैसा युग आया है

कोई न अपना है न पराया है

बसंत की चाह

सुन राग बसंत के
मन ही मन मुस्काती हूँ
पल्लवित होकर नए रंगों से
मन हीं मन हर्षाती हूँ
उलझ गए साँस मेरी
या डोर हवा ने बांधी है
मिलकर साँस से मेरे
कुसुमित करने की ठानी है
रंग-बिरंगे फूलों के संग
मुझको भी रंग डाला है
हैं बसंत की चाह कई
वह मुस्कुरा कर बताता है
टूटे हुए कंकालों पर
प्रेम से फूल सजाता है
सुनती हूँ राग कई
इन हवा के झोंकों में
यह बसंत का मधुर राग
मुझे पल्लवित कर जाता है

निर्धनता

निर्धनता अब रुला रही
भविष्य को डूबा रही
कौन नही गरीब है
सब का अपना नसीब है
सब निर्धनता करा रही
नर को राहे भटका रहीं
संतुष्टि क्यों नही आ रही
निर्धनता सिर पर मंडरा रही
धन जिसके पास है
गला फाड़ चिल्ला रही
निर्धनता का गीत गा रही
जिसे झुलसा रही है निर्धनता
वह भटक रहा है रास्ता
समाज अब रो रहा
संतानों को खो रहा
निर्धनता ने लाचार किया
विचारों को गिराने का विचार किया

पत्नी

क्या वर्णन करूं तुम्हारा मैं,

तुम भार्या सुकुमरी हो।

है नर में शक्ति

तुम पद्मा ,कमला कल्याणी हो

हे प्रिया तुने घर सींचा

होने नही दिया सिर नीचा

तुम सृजन की देवी

संसार की आधार हो

तन मन किया समर्पण

देवी का आकार हो

हे करुणा की सागर

तुम देव की चमत्कार हो

पत्नी बन फर्ज निभाती

फिर भी बेचारी कहलाती

संकट को तुम यूँ भांपती

देख तुझे विपत्ति फिर कांपती

हे दुर्गा ,चण्डिका भवानी

तू ही जग की कल्याणी

तुझसे जीव का उद्धार है

हे गृहलक्ष्मी! तुमको नमस्कार है

सीख

बातें करना सीख लो इधर-उधर की
नही तो पीछे पछताओगे
खड़े रहोगे भीड़ से अलग
खुद को अकेला पाओगे
बात है सीधी सच्ची मगर
हाँ... कुछ कुचलना होगा
मन की बातों को
माना दूर तक चलना होगा
हाथ में दे कर हाथों को
हाँ अगर तुम सीख न पाए
बातें इधर-उधर की
पहचान तेरी अलग होगी
अकेले में जो दम होगा
वह भीड़ से कहाँ कम होगा

होली

होली है होली
बिन पीए भंग
पिया संग डोली
यह कौन-सा रंग है
कैसा रंग है
उस रंग की मैं हो ली
होली है होली
रंगों भरी पिचकारी है
भीगी नहीं मेरी साड़ी है
पिया ने कैसा रंग दिया
यह देखो प्रेम का मैंने भंग पिया
जीवन को इसने रंग दिया
होली है होली
यह रंग मुझे भाया है
शायद इस रंग ने हीं तो नही सताया है
बिन पीए भंग मैं डोली
अपने पिया की हो ली

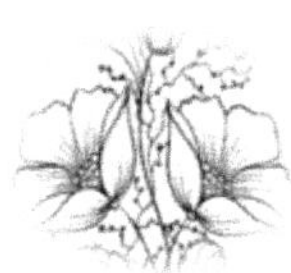

केशी गुप्ता

जन्म स्थान	दिल्ली
जन्म तिथी	27 अप्रैल
माता का नाम	श्रीमति निश्चिंत गुप्ता
पिता का नाम	श्री सुभाष गुप्ता
शिक्षा	बीं ए दिल्ली विश्व विद्यालय
लेखन विधि	कविता, शायरी, समीक्षा, कहानी
प्रकाशन	प्रखर गूँज सहित्यनामा त्रिवेणी पत्रिका जनवरी अंक में, केशी की अभिव्यक्ति, कार्य-सामाजिक कार्यकर्ता
पता	दिल्ली, द्वारका ई मेल-guptakeshi@gmail.com फेसबुक पेज-TheSoul2Soul

छल

किया विश्वास मैंने
उस पर
नहीं सोचा था
छलेगा वो
मगर जब भी
होगा अकेले में
कचोटेगा जमीर उसको
झांकेगा वो
जब भीतर
सिहर उठेगी
रूह उसकी
छला उसने मुझे
तो क्या
मगर रूह
छलनी है उसकी !

कसक

देखा जब उसे मैंने
कसक उठी
मेरे दिल में
जुल्फ लहराई
जो गुजरी हवा
छू के बहाने से
खुशबू महक उठी
खिले फूलों के
दामन से
चमकता चांद
था फीका
रोशन उसके चहरे से
कदम रखे जो
उसने ज़मी पे
कसक उठी
मेरे दिल में !

अलग फसाना

यादों का सिलसिला
जिंदगी से जुड़ा रहता है
कभी कोई आता
तो कभी कोई जाता है
रुकता नही कभी कुछ
किसी के लिए
वक्त चलता
चला जाता है
परवान चढ़ते है
वही रिश्ते
जिनका रूह से
रूह का नाता है
वरना मिलते हे
भीड़ मे बहुत
सबका अपना
अलग फसाना है!

यार ही खुदा

तस्वूरे यार ने
किया है मदहोश मुझे
बहकते कदमों ने
हर गम भुला डाला है
ली है उड़ान
नई चाहतो ने
दिल ने कई ख्वाब
संजो डाले हैं
चाहत नजदीकियों से
आगे की है
हाथ थामे
उस पार चले
जाना है
जहां होता है मिलन
रूह का रूह से
बंदिशों का ना
कोई फसाना हो
हो जाता है जहां
यार ही खुदा
इक दूजे में खो
जाना है !

पुकार

पुकारा जब भी
मैंने उसे
सुनी फरियाद
उसने मेरी
भरी झोली
रहमतों से अपनी
संवार दी
ज़िदगी मेरी
दुआओ का असर
भी होता है
बदलती किस्मत
को भी देखा है
गर नियत साफ
और इरादा नेक
हो अपना
मंजिल पर पहुंचना
उसके हाथ होता है
ले आता है
कश्ती खींच
तूफ़ानों से
किनारा साफ होता है!

जिन्दगानी

क्या कहूं कैसे कहू
जिंदगी की कहानी को
कहने को चार दिन की
हर दिन नई कहानी है
बदलते मौसम सी
कभी महकती कभी छलकती
बचपन और जवानी है
जितना समझो इसको
उतना गहरा
ये पानी है
बहते रहना ही
बस जिन्दगानी है
जितना जानो
उतना कम है
अंत कहानी का
नए आरंभ की
निशानी है !

भ्रूण हत्या... मत मारो

मत मारो मुझे
यूं बेदर्दी से
अभी तो बीज हूं मैं
पनपने दो मुझे
तेरा ही हिस्सा हूं मैं
जिंदगी को जीना
हक है मेरा
न छीनो मुझ से
ये हक मेरा
गर न चाहते थे
मुझे तो सोचना था पहले
जो बो ही डाला है मुझे
तो पनपने दो मुझे
दे के जिंदगी
बनोगे मां बाप मेरे
कर्ज दूध और खून का
फर्ज बनकर चुकाउंगी
बेटी होने का
हर कर्तव्य निभाउंगी
पनपने दो मुझे
तेरा ही हिस्सा हूं मैं

रेल का सफर

मां बाप का हाथ थाम
पहुंची जब पहली दफा
रेलवे स्टेशन पर
लगा जैसे
एक बड़ी सराय हो
कोई बैठा कोई लेटा
कोई भीड़ में गुम
सफर शुरू होता
जहां से
कहते उसे स्टेशन
पहुंची जब रेल
पटरी पर
हो गए सबं तैयार
लिए अपना
कुछ कुछ सामान
कोई था अकेला
कोई संग परिवार
लग रहा था
ये एक मेला
लिए विचित्र रंग
समय होते

निकल पड़ी रेल

खिड़की में बैठी में

ले ही थी

भरपूर सफर का आंनद

भागती रेल

छोड़ रही थी

सब पीछे

कभी लगता

चल रहा सब संग

साथ गुजरती रेल

देती थी आभास

कुछ अन्जाने लोगो के

अन्जाने सफर का सार

बीच में जब

थमती रेल

कोई उतरता कोई चढ़ता

लगता कुछ छूट गया

और कभी

कुछ मिल गया

सामने की सीट पर

बैठे लोग

बने हमसफर मित्र

पटरी रेल की

कभी मिलती

कभी फैलती

जैसे जीवन प्रसंग

पार करती नदी नाले

गुफा और मैदान

पहुचां दिया रेल ने

हमें हमारे धाम

जैसे जिंदगी

भागते दौड़ते

पहुंचती है उस पार !

मीनाक्षी मेनन

नाम	मीनाक्षी मेनन
पति	श्री वी.के.मेनन
माता	श्रीमती शीला देवी
पिता	श्री कुलदीप राय गुप्ता
निवास	न्यू हरी नगर होशियारपुर ,पंजाब
व्यवसाय	डी. ए. वी.स्कूल में 27 वर्षों से शिक्षण कार्य

अल्फ़ाज़ों की अजीब दुनिया

अल्फ़ाज़ों की अजीब दुनिया
शब्दों का अलग संसार
कुछ तितलियों से रंगीन
कुछ अश्कों से नमकीन
कोई भँवरे की गुंजन से चहकते
तो कोई शोख-सुर्ख़ गुलाबों से महकते
कुछ ख़ुरदरे - बेतराशे नाखून से - चुभते बड़े गहरे
और कुछ जैसे अचल-सहज-शांत-सागर हों
कुछ अजनबी,अनजान हैरत की नज़रों से तकते
और कुछ अपने मेहबूब की तरह आँखों में बसते
मधुर से कुछ - जैसे सुरीली बांसुरी की तानें
और कुछ पतझड़ के सूखे पत्तों से - निष्प्राण,बेजान
कुछ नरम,सफ़ेद,बादलों जैसे - नभ पे आज़ाद तैरते
और कुछ - हर पल होंठों के बंद किवाड़ों में कैद से
और मैं - इस अजीबो - गरीब संसार में
कभी कोई अश्क नमकीन ढूंढ के
सजा देती हूँ - कागज़ पे
और कभी जगा देती हूँ - कैद में पड़ा कोई शब्द
अपने एहसास की पायल की आहट से
और कविता बन जाती है

अल्फ़ाज़ों की तस्वीर सज जाती है
इक बारिश ओढ़ के रखी है
कुछ सरसी हुई धरा की - सौंधी सी खुशबू सा भी है
हाथों की मेहंदी में सहेजा हुआ
कल अंबर तक गयी थीं
कुछ हसरतें मेरी
और इंद्रधनुष के रंग ले आई थीं
चूड़ियों में पहन रखे हैं वो भी
धूप का अंगारा भी दहक रहा है
माथे की बिंदिया में
जाड़े की धुंध की कंपकपी भी बसा रखी है
धड़कनों के स्पंदन में
सारे मौसम समेत रखे हैं साजन
जाने तुम किस से रीझ जाओ
इक सूखी हुई डाली है पतझड़ की
बालों के घुंगर में
जाने किस पल तुम इसे हरिया जाओ

खनक जाती हैं

खनक जाती हैं - आज भी
या यूँ कहूं - कि
खनक जाती होंगी - आज भी
सहमी हुई रात की कलाई पे - वो चूड़ियां
जो उजालों ने दग़ा दे के
किसी मेले में - किसी स्टेशन पे
या किसी घर - आँगन के बाहर से उठा के उसको
मजबूरियों की सलाखों में कैद कर के
बेरहमी की किल्ली पे टांग दी थीं
उस के नन्हें से मासूम हाथों से उतार के
और थमा दिया था
उस के हाथों में कटोरा - भीख मांगने का
तरस जाती हैं - आज भी उस माँ की आँखें
स्टेशन की भीड़ में
जिस से हाथ छूटा होगा अपनी लाडो का
कैद है - इक अल्हड़ उम्र की किलकारी
भयभीत करते - चुप कराते
सख़्त हाथों के पीछे - सहमी आँखों से झांकती
झाँक कर देखा है कभी
उस छोटी सी - मैली सी - बच्ची की आँखों में
दहशत के मारे - जो कभी भी
भीख में अपने माँ-बाप का पता नहीं माँगती

सजल नयन - हताश मन

उमड़-घुमड़ के आता है जब मेघ
बादलों के अनंत रूप ले कर

भेद जाती है जब कौंधती हुई बिजली

नभ के विशाल सीने को

तो दिल चाहता है फिर से आए - कोई दैवीय शक्ति

किसी देवकी की कोख से जन्म ले कर

सजल नयन - हताश मन

आहत आत्मा - बेज़ार तन

कब तक ऐसी - बेचारी नारी को

ओढ़ाते रहेंगे हम

समाज की बेरहमी के कफ़न

कब तक - बिटिया के घर ना लौटने तक

माँ की आँखें - लगी रहेंगी - गली के उस छोर

कब तक सिसकता रहेगा गरीब बाप - पराए धन को

विदा करने का बोझ उठाए - भोर से साँझ ओर साँझ से भोर

सृजन की शक्ति है - जिस में

वीणा की लय में कृष्ण को बांधने की भक्ति है - जिस में

उस नारी को - कह देते हो तुम - अबला

महिषासुर का संहार करके भी - क्या बनी नहीं वो सबला

सदा

गूंजती है - रात के सन्नाटों में
इक 'सदा' सी
सहम जाता है दिल कुछ इस तरह
उस 'सदा' से
की छन्न से छूट जाते हैं कुछ लम्हे
हाथ से - शबनमी रात के
जाने कौन है ?
जो वक्त की माला से
लम्हों के मोती चुरा ले जाता है
कुछ लम्हे वो लुटेरा ले जाता है
कुछ टूट के बिखर जाते हैं
कुछ हाथ में रह जाते हैं
और रात भिखारन - समय का कटोरा लिए
लम्हों की बीख मांगने चली जाती है
किसी दूर - देस
सात समंदर पार
और मेरे यहाँ
सुबह हो जाती है

बचपन

दुकान से कुछ लेकर निकली तो
बहुत जल्दी में थी
घर पे मेहमान आए हुए थे
कुछ सामान की ज़रूरत आन पड़ी थी
एक गुब्बारे बेचने वाली बच्ची ने
दुपट्टा खींच लिया
"ऐ आंटी - गुब्बारा ले लो ना - दस का है!!!"
जाने क्या था - उस की आवाज़ में
जिसने बरबस ही मेरा सारा ध्यान
अपनी ओर था खींच लिया
सोचा - भीख मांगने वाले हाथों से
कहीं अच्छे हैं ये कमाने वाले हाथ
क्यों ना - इस का हौंसला बढ़ाने को
दो पल रुक जाऊँ इस के साथ
दस रूपए थमा के उस को
गुब्बारा ले लिया उस से
खिल उठे उस के नयन बुझे-बुझे
"देखो गुड़िया ! मेरे घर में कोई छोटा बच्चा नहीं है "
"सो तुम्हीं रखो ये गुब्बारा मेरी ओर से - तुम्हीं खेल लो "
"ऐ आंटी!!!
गुब्बारा ले लो अपना - मेरे पास टाइम नहीं है खेलने का "
उफ़ !!!
जल्दी से गुब्बारा उस के हाथों में छोड़
चली आई मैं
कैसे बताती उसे - मुझ में हौंसला नहीं है
उस के नन्हें बचपन का ख़ालीपन झेलने का

मज़ारे

मज़ारे हैं

कुछ

माज़ी के पलों के

साँझ हुए - कुछ बेनामी हसरतें

दिया जला जाती हैं आ के

कुछ अधूरी हसीन यादें

चादर चढ़ा जाती हैं

जब किसी गुज़रे पल की

कोई निशानी दिख जाए

कुछ

अनछुए - कुँवारे ख़्वाब

धागा बाँध जाते हैं

और माथा रगड़ जाते हैं

इनकी चौखट पे

और

इन्तज़ार ओढ़ के चले जाते हैं

किसी मन्नत के पूरे होने का

रूह

रूह का इक बड़ा अज़ीज़ सा हिस्सा
जिस्म से छूट के - इक बार
कविता के शब्दों में घुल गया था
कागज़ों में यहाँ-वहाँ बिखर गया था
जैसे दरिया का पानी
सूरज की किरणों में गुम हो के
बादलों में घुल जाए और बारिश बन जाए
बिलकुल वैसे ही
सोचती हूँ - और यकीन से कह सकती हूँ
जब मैं ना रहूंगी - और यह कलम थम जाएगी
तो पढ़ते-पढ़ते - मेरी कविता के शब्दों में
कोई चुनेगा वो हिस्सा
महसूस करेगा कोई - ज़रूर
जीते जी मेरे जिस्म से छूटी मेरी रूह को
और भीगेगा - खूब उस से बरसाती बारिशों में
और छू लेगा - मेरी रूह को
कैसा मुक्कदस पल होगा वो
समय ओर स्थान की बंदिशों से परे
रूह की बारिशों में घुलते एहसास
ज़मीनो-आसमान की हदों के आर - पार

मुस्कुराना मेरी आदत है

मुस्कुराना मेरी आदत है
ना तो यह आँसुओं को छुपाने की अदा है
ना तेरी रुसवाईयों से बचने का कोई हिजाब
ना तो ये जवाब है
बेवजह चुभते जाते दामन में काँटों को
ना किसी गमगीन आह को गुमराह करने की
मेरे होंठों की कोई साज़िश
ये मेरे जीने का अंदाज़ है
ये है मेरी रूह को नूरानी करता
उस इलाही - नूर का कोई अहसास
मुस्कुराना मेरी आदत है
ना तो है - ये - मेरे मेहबूब
तेरी मोहब्बत की सौगात
ना है ये - किन्हीं रंगीन जलवों का
तोहफ़ा मेरे हमदम
ये मेरा रंग है
रूप है
मेरे जिस्म का हिस्सा
मेरी रूह की पुकार
मुस्कुराना मेरी आदत है

कागज़ और कलम

नींद रूठ जाये कभी आँखों से
तो उँगलियों में पिरोए जाते हैं खुद-बखुद
कागज़ और कलम
करवटें बदलने से अच्छा है
डायरी के पन्ने पलटना
कुछ दिल की सुनना- कुछ दिल की कहना
लिखना कुछ
शबाबों सा
गुलाबों सा
इंद्रधनुष की सतरंगी मेहराबों सा
शबनमी रात के आँगन में ठहरे
नूरानी - रौशन मेहमानों सा
लिखना कुछ - दिन की कड़ी धूप में
पसीने की बूँदों से अदा किये
ज़िंदगी के बेहिसाब हिसाबों का
और अधूरी हसरतों और आरजूओं पे
मुस्कानों के चढ़ा रखे हिजाबों का
आह !
क्या कमाल लोग रहे होंगे वो
जिन्होंने तराशा होगा - कड़ी मेहनत से रस्ता
पत्थरों और इशारों की भाषा से गुज़र के
अनमोल किताबों का

पूरनभंडारी सहारनपुरी

जन्म	वर्ष १९५१,
जन्म स्थान	सहारनपुर, उत्तरप्रदेश।
शिक्षा	स्नातक , दिल्ली विश्वविद्यालय
व्यवसाय	33 वर्षों तक वाणिज्य एवं गृह मंत्रालय में कार्य के पश्चात स्वैच्छिक सेवानिवृत्ति हिंदी, पंजाबी , गुजराती एवं अंग्रेजी का ज्ञान

नूतन वर्ष

नजर नही आते जहाँ
कदमो के निशान
वहाँ राह बनानी होगी

नूतन वर्ष मे अब तेरी
यही कहानी होगी

कोई साथ चले ना चले
खुद को ही राह
दिखानी होगी

राह के पत्थर राह मे ही
रहेंगे इन्ही के ऊपर
नींव बनानी होगी

मन मजबूत कर आगे
निकल तेरे जीवन की
अब यही कहानी होगी

बेवजह

बेवजह ग़र लोग
जिंदगी मे ना आते
कैसे जिंदगी को
समझ पाते

सीधे रास्तों पर हर
कोई है चलता
तीखे मोड़ मंजिल
का रास्ता है बताते

इक शख्स ने बेवजह
रास्ता ऐसा दिखाया
चलते चलते मैं यहाँ तक
चला आया

तानो ने उसके मेरी
ज़िन्दगी बदल दी
३५ वर्षो के साथ के
बाद मुझे नई राह दी

कैसे मानूं उस बेवजह
शख्स को बेवजह
जिसने मेरी दुनिया
ही बदल दी

वी आर एस

करता अगर मैं नौकरी कुछ
और साल कुछ सिक्के और
कमा लेता पर क्या करता
सिक्को का जो मैंने कमाये थे।

सिक्को के बदले मैंने बचपन मे
उम्र के कीमती साल गंवाये थे।

उम्र की इस दहलीज पर ना
रिश्ते है ना नाते है पैसे
कमाने के खातिर दुनिया के
रिश्ते सभी भुलाये थे।

ना वक्त दिया किसी ने
ना ही कोई पूंजी बांटी चंद
सिक्को की खातिर हमने भी
रिश्ते सभी गंवाये थे।

मुफलिसी मिली विरासत मे
बोझ उसी का ढोता रहा
अपना कोई ना था झूठे थे रिश्ते
झटके रिश्ते सारे जो पराये थे।

रोटी की ख़ातिर छोटी उम्र मे
काम को ही ज़िन्दगी माना
मेहनत से कुछ सिक्के बचपन
मे ही कमाये थे।

खुदा का शुक्र है मिली है
खूबसूरत ज़िन्दगानी
सिक्को का क्या वो आज भी
नही हैं अपने कल भी पराये थे।

साथ

साथ शर्तो पे गंवारा नही
साथ निभाने के लिए
शर्तें नही हुआ करती

शर्तो पे जो टिके हो रिश्ते
उन रिश्तो मे मुहब्बत
नही हुआ करती

तुमने शर्तो से शुरू की
जिंदगी इसलिए रिश्ता
निभ ना सका रूह के
रिश्तो मे शर्ते नही
हुआ करती।

ग़म

ग़म को सीने मे छिपा ले
मत कर इस ग़मगीन
दुनिया के हवाले।

बांट सकता है तो बांट
दुनिया मे खुशी दुनिया
तो पहले ही अपने ग़म
के बोझ तले दबी है।

और क्यो बढ़ाना बोझ
इसका इसके पास तो
अपने ग़म के लिए ही
जगह नही है।

कर कुदरत से प्यार
जी पायेगा खुशी से
तेरे ग़म का बस अब
आसरा यही है।

कुदरत

जिनके लिए सहा
उन्होंने ही तोड़ दिया
सरे बाजार तड़पने के
लिए छोड़ दिया

ऐ मेरी हिम्मत तुझे
सलाम तूने जिंदगी
को खूबसूरत मोड़ दिया

ताउम्र की बेचैनी को
सुकून की ओर मोड़ दिया
हर शह हैं खूबसूरत
कुदरत से नाता जोड़ दिया

करा के नाता कुदरत से
राहे जन्नत की जानिब रूख
मोड़ दिया।

भूल

कमजोर ना समझो मुझको यारो
बहुत तेज तर्रार हूँ मैं
भूल की जो कमज़ोर समझने की
आज हर बात के लिए तैयार हूँ मैं

प्यार में दे सकता था जान अपनी
कमजोर था मैं तुम्हारे सितमों ने
पत्थर बना दिया प्यार में
मिटने के लिए फिर भी तैयार हूँ मैं

करता रहा भला दुनियां का
दुनियां ने पागल समझा
अब तो फर्क नही पड़ता
हर पागलपन के लिए तैयार हूँ मैं

जीनी थी छोटी सी जिंदगी खुशी
से जी लेते क्यों पत्थर बना दिया
अब दिल नही सख्त पाषाण हूँ
चट्टान बनने के लिए तैयार हूँ मैं

मुलाकात

सालो बाद ज़िन्दगी से बात हुयी
कल घर में आंसू की बरसात हुयी
ढूंढती रही जिनको निगाहें बरसो
कल तेरी तस्वीर से मुलाकात हुई।

हार टंगा देख मुझसे रहा ना गया
आंखो में मूरत बसा चला आया
ले तस्वीर को आंखो मे बसाया
कल ज़िन्दगी से मुलाकात हुई।

मेरा भी कौन है यहाँ मेरे सिवा
जाना था मुझको भी ले जाते
क्यों किया बेरहम जमाने के हवाले
कल तस्वीर से दिल की बात हुई।

भूला नही वो पहले प्यार की गज़ल
आज भी जहन मे गूंजा करती है
हमें तो मुफ़लिसी ने मारा था
तुम्हारे साथ ना जाने क्या बात हुई।

दौलत कमा ली है मुझसे ले लो
मेरा पहला प्यार मुझे लौटा दो
इस दुनिया मे दिल लगता नही
मुझे भी अपने पास बुला लो।

चाहत

हम भी महरूम नही थे
चाहतो से
चाहते हमने भी पाई थी।
हमारी मुफलिसी
ने उड़ाया था मज़ाक
आज मुफलिसी कांपती है
हमारे नाम से हमने भी
चाहतो को मरने नही दिया।
सुप्तावस्था मे रखा

आज फिर चाहतें
सिर उठाने लगी है नगमे
खुशी के गाने लगी है

लगता है उन्होंने आज
पुकारा है हमको उनकी
याद आने लगी है

उनकी तस्वीर यूँ ही नही
आयी हमारे हाथ लगता
है जन्नत से निकलकर
वो हमे बुलाने लगी है

सीमा गर्ग मंजरी

नाम	सीमा गर्ग मंजरी
पति का नाम	सुमन कुमार गर्ग
जन्मतारीख	11 जौलाई
शिक्षा	हिन्दी, आनर्स ग्रैजुएट
व्यवसाय	गृहणी
मो नं	8958229442
ई मेल	Seemagarg1107@gmail.com
स्थाईपता	101, राजन कुँजरूड की रोड मेरठ शहर
विधा लेखन	कविता, गीत, गजल लघुकथा, कहानी, लेख, समीक्षा
प्रकाशित पुस्तकें -	एक पहाडी गूँज उत्तराखंड सांझा काव्य संग्रह, एकल काव्य संग्रह भावमंजरी, दो सांझा काव्य संग्रह प्रखरगूँज के साथ – गाता रहे मेरा दिल एवं मुक्ततरंगिणी।
सम्मान	नेशनल लेवल पोयट्री प्रतियोगिता में चौथा स्थान, आनलाइन कवि सम्मेलन सम्मान ,शाइनिंग स्टार सम्मान, काव्य मंजरी समूह के द्वारा दो बार काव्य प्रतियोगिता में अनेक प्रतिभागियों के बीच सर्वश्रेष्ठ कविता का सम्मान, कवि चौपाल मनीषी शारदा सम्मान काव्य रंगोली हिन्दी पत्रिका में साहित्य भूषण सम्मान

दर्पण

दर्पण दिखाता है शक्लो -सूरत,
बताता है सामने जैसी भी हो मूरत,
सज धजकर सलीके से बैठो तो !
खूबसूरती दर्शाता है दर्पण
उबासियाँ, बेतरतीबियाँ, बदगुमानियाँ !
भी सामने लाता है दर्पण !
जैसा हो प्रतिबिंब,
वैसा ही नजर आता है दर्पण।
विषादयुक्त, हास्ययुक्त
छवियाँ दर्शाता है दर्पण ,
बाहरी रूपरंग दर्शाने के साथ
होता है अन्तर्मन का भी साथी दर्पण,
सौन्दर्य रूप को निहारता ,
अन्तर्मन को सँवारता ,
जैसे दर्पण के सामने
जा निहारते रंगरूप को
वैसे ही मन दर्पण भी
जताता है मनोभाव को !
पल ~पल निरीक्षण करता है
हमारा आचार व्यवहार!
सदाचार, कदाचार, विषाद, अनुराग !
किंतु हम अपनी धुन में
व्यस्त रहते हैं !
नहीं देते कोई ध्यान !
नहीं करते मनोभावों की पहचान !
तो हो जाइये !
सजग, सावधान
लाइये, इक प्यारी सी मुस्कान
डालिये प्यार भरी नजर
और, देखिये!

सूक्ष्म विचारों की लहर
ध्यान दीजिए और
गुणों को खूबसूरती को
उभार लीजिए !
सँवारिये, अन्तर्मन की खूबसूरती को
रूप लावण्यता की मनवृत्ति को !
जगा लीजिए,मन मन्दिर के
सुन्दर, सुखद, मनोहर एहसास,
जहाँ अभीष्ट प्रेम हो खास ,
हो अपनत्व की मिठास ,
सौम्यता का फैले रस
रम्यता का हो दर्श
मृदुलता का हो आभास
आलोकित हो हृदय पथ
फैल जाये प्रकाश
करये मानव जीवन
मानवता को समर्पित
अन्तर्मन दर्पण का दीप !
जलाकर हो जाइये गर्वित ||

परिवर्तन

बजता रहता है
जीवन संगीत ,
निर्झर झर ~ झर
झरनों के मधुरिम
कलकल में ,
कोयल के मधुर राग में
बसन्त के आगमन की
नवेली आहट में ,
नव प्रसून की खिलखिलाहट में ,
हृदय के स्पंदन में
श्वांसों की झंकार में
भावों के सितार में
मधुमयी उमंग -तरंग में
अनहलहक की गूँज में,
यत्र, तत्र, सर्वत्र् जीवन
संगीत संचारित है।

ध्यान लगाकर कभी सुना है !
ध्यान से देखा है कभी तुमने !
चलता रहता है ये जीवन ,
होता रहता है नित परिवर्तन !
एक नया विश्वास ,
एक नई उमंग ,
एक नई तरंग ,
एक नई प्रेरणा !
एक नई स्फुरणा ,
हर पल हृदय में ,
श्वांस में भरती रहती है
एक नये अरमान को
एक नये जहान को
जहाँ नजरिया
परिवर्तन को स्वीकार कर

अद्भुत सृजन की क्षमता रखता है

धरती में धँसता है जब कोई बीज
भीतर गहरे उतरकर ,समाकर
नवजीवन के लिए
स्वयं को समर्पित करके
वसुन्धरा के प्रेममयी
अन्तस में ,गहन हो मिल जाता है
समर्पित हो जाता है ,
धरा से नई ऊर्जा, नवीन प्राण
नवल रूप प्राप्त करने के लिए,
तब फूट पडता है एक नया अंकुर
बीज के जीवन की नई शुरूआत ,
जहाँ छिपा है भविष्य के गर्भ में
उस अंकुर के रूप में
विशाल वटवृक्ष
क्योंकि बीज ने अपने
अहं को त्यागकर
नये जीवन के लिए
परिवर्तन को हृदयंगम किया है

ऐसा ही तो होता है हम सबके साथ भी ,
हम सबका जीवन भी इस
रूपरंग को छोड़कर ,
नये रूपरंग में ढलने के लिए
परमात्मा से एकनिष्ठ प्रेम को
स्वीकार कर ,
परिवर्तन से रूप बदलता है ,
नवजीवन का प्रारम्भ करता है
जिसे हम मृत्यु का नाम देते हैं
किन्तु यह मृत्यु नहीं
यह तो नवजीवन का
प्रारम्भ है

मैं इश्क हूँ

मैं इश्क हूँ
गुनगुनाता, मचलता
रंगीन शोख अदाओं से
रिझाता मैं इश्क हूँ..
चुभता हूँ जमाने की नजर में
खौफ खाता हूँ बेदिल
निगाहों से
बेमुरब्बत जमाने की
नजरें लगाती हैं पहरे
दुनिया की चुभती
सवाल उठाती हैं नजरें
शक ,शुबहा के परदे
उठाती, गिराती हैं नजरें
पर, जमाने से डरता
नहीं हूँ..
हाँ मैं इश्क हूँ..

दो प्यार भरे प्रेमियों की
आँखों की सुर्खियों में
उभरता हूँ
बदजुबानी में कड़वाहट
बनता हूँ
छलकती मदभरी निगाहों
को सुकुन देता हूँ
दिल को आराम नयनों
को चैन देता हूँ
अरमानों के गुलशन को
सजा देता हूँ
यादों में डूबे हुये प्यासे
दिलों को
ख्वाबों ख्यालों में
मिला देता हूँ.
बहती आँखें तड़पते

दिलों का करार
होता हूँ
जमाने के खौफ का
शिकार होता हूँ
आशिक दिलों को
तपन देता हूँ
माशूक नजरों को
छुअन देता हूँ
खुशरंग मुस्कुराती
हुई रंगीनियों से
समां रंगीन बनाता हूँ..
मदहोश मदमस्त नशीली
निगाहों का पुरसुकुन हूँ..
एतबार भरे दिलों का
जोशीला जुनून हूँ ..
दिलो जान निसार कर मर
मिटने का गुरूर हूँ..
हाँ मैं इश्क हूँ..
मैं इश्क हूँ..

आओ प्रिय

जब घिरते हैं गम के अन्धेरे
छूटने लगता है विश्वास
टुकडे-टुकडे हो जाता है दिल
जिंदगी लगने लगती बोझिल
हर श्वांस पीडादायी
हर तमन्ना धराशायी
खुशियों को उदासी की
चादर लपेट लेती है

गम की उबासियाँ
सूरत पर काँटें समेट
लेती हैं
उनींदी नींद नयनों से
आ ~आकर लौट
जाती है
पलक झपक कर
लगना भूल जाती है
आसमां से धरती तक
गहरे साये नजर
आते हैं
भूली बिसरी यादों
की वादियों में कुलांचे
भरते हैं
रोते हैं
रूलाते हैं
कुछ भी रूचता नहीं मन को
कुछ भी सजता नहीं तन को
ढूंढती निगाहें तेरे
दीदारे अक्स को
अतीत की परत
दर परत खुलती
जाती है
भुजंग सम लिपट कर
सीने से,क्षणिक
पीतगंध सी महक
आती है
लगता है कि तुम
यहीं हो ,
यहीं कहीं हो
क्यूँ तड़प जाते हो
तुम मुझे यूँ ख्वाबों
ख्यालों में
बेबस कर जाते हो

मुझे यूँ
नयनों के छलकते
प्यालों में
उदासी का
गहरा मंजर नजर
आता है
हँसती बहार में
चेहरा तेरा
नजर आता है
आ जाओ, चले
आओ प्रिय,
ये दिल तुम्हें बहुत
याद करता है

दीपशिखा

साथी मेरे,
तेरी वफा की
यादों की चन्द्रिका में
डूबा हुआ ये मेरा
दिल आज भी यूँ ही
धड़कता है
लगता है जैसे कि
तू ही दिल में धड़कता है
दिल के अरमानों
की नगरी को तूने बड़े
प्यार से सजाया था
ये दिल रेशमी बदलियों में
छुपे चाँद की तरह
मुझमें तेरी यादों
को समेट लाया है
अब तक ताजा है
जेहन में वो सुहानी, मदभरी,
जज्बाती इक शाम जब तुमने

मलयालज के झोंके की तरह
खिले,महकते सुर्ख गुलाबों
को देकर
प्रेम के अनछुये कुछ पलों
को छूआ था
वफा की पाक आरजू में
लिपटे हुये झिलमिल
कुछ हसीं ख्बाबों को
मेरे संग पिरोया था
टकराया था जब मेरे
हाथों से तेरा
हाथ,दिल की धडकन
का काबू मैंने खोया था
शरमा के झुकी मेरी
नजरों को जब तूने
प्यार की नजरों से
चूमा था, काँपते हाथों के साथ,
लरजते मेरे अधर कुछ
कहना चाहकर भी
कंपकंपा कर रह गये,
कँपन जैसे मेरी
नस ~नस में भर गया था
बेकाबू सी तेरी वो गहरी नजर
तीर के जैसे जिगर
चीर गयी थी,| मैं इन्द्रजाल
सी खिंची, अपलक देखती
ही रह गयी थी
तुम्हारी वो चाहत ,
तुम्हारा प्यार,
तुम्हारी वफा
तुम्हारी हँसी
तुम्हारी वो
दिलनशीं सूरत
दिल के आइने में

बार ~बार तुम्हें देखने
की प्यास,
वो उमंग ,
वो तरंग ,
एक मधुर ,
सलोनी
घटाओं से घिरी
शाम की रंगीन
मुलाकात
तेरी नजरों के
तेरी चाहत के
पहरे से लग गये हों
जैसे मेरे दिल पर ,
मीठी मधुर
झंकार को छेडकर
तारों की लयताल पर
एक गीत गुनगुना
कर तू दूर चला गया
उस मुलाकात की
तेरी मेरी बात की
उन वफाओं की
उन रस्मों,कसमों की
उन जज्बातों की
जो कुछ पल साथ
जिये थे हमने
उन्हें सीने से लगा
लिया है
अपने अरमानों में
तुझको पा लिया है
तेरी वफा के उस पाक रिश्ते
से मेरी राहें रौशन हैं
एक जलता हुआ दिया हूँ
मैं, तेरे पथ का,
तेरे अतीत का ,

तेरे सपनों का ,
तेरी वफाओं का,
तू मेरा नसीब ,
मेरी इबादत
मेरा देवता बन गया है |
मैं तो इक दिया हूँ प्यार का
तेरे लिए जलती हूँ
जलती ही रहूँगी
तेरी वफायें,तेरी यादें
मेरे सीने में दीपशिखा
बन जलती हैं
मैं जन्मों
जन्म तेरे लिए
तेरी राहों में
दीपशिखा बन
यूँ ही जलती रहूँगी

शिखा गौर

	स्वतंत्र लेखिका
निवास	लखनऊ, उत्तरप्रदेश
साहित्यिक रुचि	विभिन्न पत्र पत्रिकाओं में रचनाएं प्रकाशित ,
	साँझा संग्रहों में रचनाएं प्रकाशित

तेरी चिट्ठी

एक अरसे के बाद
कल जब खोली वो अलमारी
झाँक रही थी
दराज़ो के कोरों से
तेरी चिट्ठी
हया से फिर ...वो झुकना
निगाहों का
वो ज़रा ज़रा सा मुस्कुराना
जैसे ....देख रहे थे तुम
कुछ यूँ ....नज़र आयी
तेरी चिट्ठी
जैसे छेड़ दिये हों
किसी ने ...दिल के
वो ख़ामोश तार....वो धड़कनें
जिनका ताल्लुक कभी
कभी तुमसे हुआ करता था
दुपट्टे के कोने को ...यूँ हीं
ऊँगलियों में उलझाना
तो कभी
आस्तीन की सिलवटों पर
नजरें फिराना
कभी यूँ हीं ....ज़मीन पर
कुछ ढूँढ़ने की कोशिश
वो " कुछ "...जो कभी
खोया ही नहीं
खो कर रह गये थे ...तो बस
हम ....कि तब
ढूँढ़ पाना भी ...मुमकिन न था
छुआ हो ...सर्द हवाओं ने

दहकते शोलों को
कुछ यूँ हीं ...महसूस हुआ
जब ....ऊँगलियों से टकरायी
तेरी चिठ्ठी
दिल में एक अरसे से ठहरा
वो मोहब्बत का समंदर
आज अपने उफान पर था
वो आहिस्ता -आहिस्ता
उनकी तहें खोलना
खोलना और कभी मोड़ना
वो गहरी गहरी सी साँसें
वो तेज़ होती धड़कनें
कभी बड़ी बेचैन सी
जैसे ....फूट रहा हो लावा
जिस्म के ....रोयें -रोयें से
तो कभी एहसास ....एक सुकून का
जैसे कोई ....ठंडी सी फूँक
बस ....छूकर
गुज़र गयी हो
मन कह रहा ....चलो
कुछ तो सलामत है अब तक
गुज़रते वक्त ,हालात और अल्फाज़ की
दौड़ में
महसूस कुछ यूँ हुआ ...जैसे
पढ़ी हो कोई दुआ
उसके सजदे में
जब होठों से लगायी
तेरी चिठ्ठी
पढना हर्फ़ दर हर्फ़
तेरे लिखे लफ्ज़ो को और
उन लफ्ज़ो का यूँ उतरना

जैसे उतर रहा हो
दिल में ....शीरे में डुबोया
कोई खंज़र
दर्द उभरे तो पलकों में
अश्क बनकर
पर ....जो टपके होठों पर
तो तबस्सुम की शक्ल ले ली

खिल उठे फिर
वो सपनों के फूल
जो झुलस चुके थे
वक्त की धूप में
चमक उठे .....मेरी उम्मीदों
के वो जुगनु
जो ....गुम से हो गये थे
हालात की धुन्ध में
जल उठे हज़ारो दीये ....एक साथ
जैसे खुशियों की हो दिवाली
क्या कहें ....कि फिर से जी उठे
हम ....जब सीने से लगायी
तेरी चिठ्ठी
बहुत वक्त गुज़र गया
पर आज भी
तकती हैं निगाहें ...हर रोज़
वो राहें
जो तुझ से होकर
आती हैं ...मुझ तक
"अब न तू आता हैं
और ...न आती है
तेरी चिठ्ठी ....।"

सुनो ....कि यूँ देखा ना करो

अश्क बनकर मेरी पलकों पर
अब यूँ ठहरा ना करो
बड़ी मुश्किल से भरे हैं घाव ...कि
इन्हें गहरा ना करो
जब उजाड़ गये थे ...
अपने ही हाथों ....हमारी
मोहब्बत का गुलिस्ता
तो ....रूह से
खुशबू बनकर ...अब ऐसे
महका ना करो ...
सुनों ... कि यूँ देखा ना करो .....

जब मोहब्बत की दरकार
की थी हमनें
तब तो हाथ ...झटक दिये थे ...तुमने
कल तलक ....
तो नींद भी ....फिसल जाया करती थी
भीगी पलकों से
बड़ी मुश्किल से ....शुरू
किया है ...उसने आना
फिर से ......
कुछ पल
कुछ पल ...तो चैन से
सो लेने दो मुझे
कि ख्वाब में आकर
अब ऐसे ...
टोका ना करो
सुनो .....कि यूँ देखा ना करो

कभी थी
तेरे पहलू में ...महकती
किसी गुलाब की तरह

पर आज
किसी की जागीर ....शरीकेहयात हूँ
ठहरो
ठहरो ...कि संभलो ज़रा
यूँ बात -बात पर
अब ऐसे
बहका ना करो
सुनो ....कि यूँ देखा ना करो

तेरे महफिल की रौनक ...बनूँ
ये मेरी भी ...ख़्वाहिश थी
पर ....उफ्फ
तेरी मजबूरियाँ ... और ज़माने की बन्दिशें
चलो ....छोड़ो भी
पर हाँ
सरेमहफिल. ..... अश्क बनकर
अब ऐसे
छलका ना करो
सुनो ....कि यूँ देखा ना करो

झूठ ना बोलना
कि ....गुरूर ए दौलत का नशा
चढ़ा था ....तुम पर भी
उस रोज़
कि ...सिक्कों की बारिश में
भीग चुके थे ....तुम
पर ...आज भी
गिरती होंगी ...ओंस की चन्द बूँदें वहाँ
जहाँ से निहारती थी ....तुम्हें ....मैं
हर रोज़
नहीं ....अब मेरी तस्वीर
उस काँच पर .....यूँ ...उकेरा
ना करो
सिक्के भी ख़नकते हैं
ख़नकाओ ...तो सही

मेरी पायल के ....घुँघरुओं पर
अब ....ऐसे ऊँगलियाँ
फेरा ना करो
सुनो ....कि यूँ देखा ना करो

क्यूँ
क्यूँ कर रहे हो
ये नाकाम सी कोशिश
मुझे ....एक और ख़त
लिखने की
तुम्हारी गली से ही
होकर गुज़रते हैं
तुम्हें शरीफ कहने वाले
कि ....इस कदर
पुर्जों को मोड़कर
सरे राह ....अब ऐसे
फेंका ना करो
सुनो ...कि यूँ देखा ना करो

अब बंद भी कर दो
ये नादानियाँ
मुझे तसव्वुर में सजाना ....और फिर
फिर वो हसीन सी ... गुस्ताख़ियाँ
सर्द रातों में
यादों की बर्फ पर
अब फिसला... ना करो
कि तकलीफ मुझे ....भी होती है
तुम ऐसे
सिसका ना करो
सुनो ....कि यूँ देखा ना करो

वो जो ...छिटकी तुमने ...बूँदें कभी
ऊँगलियों के इशारों से
सच कहें ...कि कतरा -कतरा
भीग जाते थे हम

वरना ....बारिशों में भीगने का शौक
हमें पहले भी ...कहाँ था
कि अब तो बूंदों से भी
नफरत सी हो गयी है
बन सावन ....मेरे आँगन
अब ऐसे
बरसा ना करो
कुछ तो मजबूरियाँ होंगी
जो निकलती हूँ .....घर से
हवाओं की आड़ लेकर
फिर से मेरे चेहरे पर ....यूँ
बिखरा ना करो

अरे ....मुड़े भी तो अब ....
अब जबकि बहुत ....बहुत पीछे
छूट गयी ....मैं
चलो
बढ़ो आगे .....कि वक्त
ज़ाया ना करो
सुनो .....कि यूँ देखा ना करो

बेशक ...पत्थर सी हो चुकी हूँ ....मैं
पर ....महसूस कर सकती हूँ
तेरी आहट ,तेरी खुशबू
ना ....ना गुज़रा करो
इन रास्तों से ....कि
कि तड़प जाती हूँ मैं
अब मेरे पैरों के ......निशाँ के साथ
यूँ ...अपने कदम
मिलाया ना करो
मिट ...मिट चुकी है
तुम्हारी हथेली से ....वो मोहब्बत की लकीर
कि फिर से उसे ....कलम से
रोज़ ऐसे बनाया ना करो
सुनो ....सुनो कि यूँ

कौन हो तुम

कौन हो तुम
जो हर रोज़ झाँकते हो
मेरे ..सिरहाने की खिड़की से
भोर के सूरज की तरह
कभी चंचल ,कभी अल्हड़ ,कभी नटखट ...और
और कभी शांत ....जैसे किसी मूरत की तरह

कौन हो तुम
कभी बादल ,कभी बारिश ,कभी साथ छपकने की वो ....गुज़ारिश
कभी छिटके जो गालों पे
वो सौंधी सी मिट्टी हो
तो कभी श्वेत ,निर्मल ,पावन
मलयगिरि ....के चन्दन की तरह

कौन हो तुम
कभी पलकों की नमी
कभी होठों की हँसी
कभी चेहरे पर बिखरो
रौनक की तरह

कौन हो तुम
कभी गज़रों की महक
कभी बिन्दियाँ की चमक ...तो
कभी पाँवों में बजते हो
घुँघरू की तरह .....और
और कभी .....कंगन से लटको
झूमर की तरह

कौन हो तुम
कभी सरगम की धुन
कभी भवँरों की गुन
तो कभी ....फिज़ा में बिखरो

भीनी सी ...खुशबू की तर.

कौन हो तुम
कभी गर्मी की तपिश
कभी ठंडी की सिहरन
कभी वो ....मीठी ...बर्फीली सी फूँक
तो कभी ढक लो मुझे
किसी ....कंबल की तरह

कौन हो तुम
न रंग है ना रूप
कभी छाँव लगते हो
कभी ...जैसे हो धूप
शुमार हो
मेरी ...ज़िन्दगी में ...जैसे
किसी ज़रूरत की तरह
कोई चेहरा नहीं ....फिर भी
दिल में बसे हो
सूरत की तरह

कौन हो तुम
अंजान तुझसे
हर रोज़ ...तुझमें ही
देखती हूँ ...खुद को
और तुम
एक टक निहारते हो ....मुझे
दर्पण की तरह
कभी मुस्कुराऊ मैं
कभी शरमा सी जाऊँ
जब गुज़रे रगों में ....तेरी
हल्की सी ...छुअन
सिहरन की तरह

कौन हो तुम
हमसफर नहीं
फिर भी साथ चलते हो

मेरे हर सवालों के जवाब बनते हो
आवाज़ नहीं सुनी
मैंने ..कभी
जाने कैसे ...फिर भी
बात करते हो
ओस की पहली बूँद हो ....या
सूरज की गुलाबी किरण
खिल जाती हूँ मैं
जब भी .....छू कर
गुज़रते हो

कौन हो तुम
मेरे शब्दों की पोटली हो
या एहसास की स्याही .... ख्वाबों का
पन्ना हो ....या कलम की नोंक
खुद ब खुद ...बन जाती है "कविता "
जब तुम ....रूबरू
ठहरते हो

कौन हो तुम
हो भी .....या नहीं
पर यकीन भी है ...कि तुम हो
यहीं हो ....यहीं कहीं हो
प्रारम्भ भी तुम ही
तुम ही मेरा अंत हो .....पर ना जानू
कि ....तुम कौन हो
बस ...मुझमे ही हो
कभी मुखर ....कभी मौन हो
अंजान ही सही ....पर
मेरे दिन -रैन हो
बेचैनियाँ भी तुमसे
तुम ही मेरा चैन हो
फिर ...क्यूँ ?
क्यूँ जानू कि तुम
"कौन हो "

प्रा. भास्कर सुरेश खैरनार

सह प्राध्यापक (हिंदी विभाग)

महात्मा गांधी विद्यामंदिर संचलित, कला, वाणिज्य एवं विज्ञान

महाविद्यालय, किदवाई रोड़, मालेगाँव शहर

तहसिल	मालेगाँव,
जिला	नासिक
	(महाराष्ट्रा) ४२३२०३
दूरभाष	९८२३१४२५००
जी-मेल	bhaskar66khairnar@gmail.com

दूरियाँ दूर करनी हैं

हाथ बढ़ाकर
हाथ भर की दूरियाँ
दूर करनी हैं।।

विशाल गगन को
बाहों में भरकर,
भारी धरती को
कंधों पर बिठाकर,
सूरज बनकर
दुनिया के चमन में
ले जाना है।।

उस लोक की
आत्मा को समझा कर
इस लोक के
शरीर को बहलाकर
तीनों लोकों के बाग में
बहार बन कर रंग भरना है।।

मासूम दिलों से
अँधेरा मिटाने,
सारे जहान में,
सबेरा चमकाने,
प्यार की चिट्ठी देने
पंछी बनकर
उड़ते फिरना है।।

हाथ बढ़ाकर
हाथ भर की दूरियाँ
दूर करनी हैं।।

बरगदों से लट की कब्र

रेशम कफ़न के
सफेद कब्रिस्तान में,
काठ बरगदों से
लट की कब्रों में,
कूची जगह बनाकर
हम भी लटके॥

रहते जहाँ मुर्दे
उस जहान में पहुँचे,
खेलते जहाँ जिंदा
उस गोद से बिछड़े॥

छोड़ प्यारी लैला और लल्ला,
मैं तो निठल्ला
आया यहाँ चला,
मेरा गुलिस्तां बैठा
वहाँ अकेला,
पल-पल को रोता,
हर पल को मरता,
सफेद कपास मानो
कफ़न के खेत में,
हिमगिरी जैसे
उँचे-उँचे बरगदों के
सूखे पतझडों के परगनों में
पत्तों-पत्तों में वह भी लटकता॥

संसार में रोटी

संसार के चूल्हे को
औरत बार-बार फूँकती है,
चूल्हे के धूँए में
फूट पड़े आसूँओं के घासलेट से
चूल्हे में राख और
कोयलों को जलाती है,
तब अँगारों भरी आग से
चूल्हे का पेट सेकती है।

अपने मर्द जैसा
घिसा-पिसा आटा,
अपने बच्चों जैसा
पानी-पानी जल,
अपने हाथों से
रगड़ कर बेलती है,
तब चूल्हे के हलक में
दो वक्त की रोटी उतरती है ॥

छिलकों की
सीपियों में से,
बटर के
मोतियों को,
खेत के समंदर से निकालती है,
तब उसके चूल्हे की रोटी में
ख़ुशबू महकती है।

प्रकृति को बली चढ़ाते हैं

पत्थर भगवान जैसे
बेजान नगर को,
प्रकृति और धरती माँ की
गोद में पसारने को,
बकरे की तरह
जंगलों और पहाड़ों को,
मशीन की तलवार से
काट-काट कर बली चढ़ाते हैं।

भूखे राक्षस जैसे
हैवान आदमी को,
चमड़े की थाली में
मटन का खाना परोसने को,
जंगल के रखवाले
बेगुनाह सिपाहियों को,
कत्तलखानों की कैद में
जिंदा शूली पर लटकाते हैं॥

इंद्रधनुष जैसे
रंगीन बाजार के
लंबे हाथों से,
जूने-पूराने का
हर वक्त गला घोंटने के लिए,
सुंदरता की मूरत
नदी- समंदरों के,
जीवन-अमृत जैसे जल में
कूड़े-कचरे का ज़हर मिलाते हैं॥

किसान के खेत में बहार

हाथ-पैर के तलवों का खेत
किसान सालों-साल चीरता है।।
अपनी हड्डी-पसलियों के
हलसे
अपने बाल-बच्चों के
बैलों को
जोतता और
तोड़-तोड़ तोड़ता हैं,
तब ऊबड़-खाबड़ तलवों में
मखमल की मिट्टी भरता है।

अपने फटे तलवों के
छालों में,
अपने ख़ून-पसीने के साथ
पूरे परिवार का
बीज बोता है,
तब छालों के खाली मुँह में
औषधि वनस्पतियों को भरता है।

मखमल पल्लू को ओढ़े
तलवों में,
औषधि वनस्पतियों से भरे
छालो में,
वह अपने सारे जीवन को
फूँकता है,
तब उस के हाथ-पैरों के तलवो में
हाड-माँस की बहार आती है ।।

कसाई जैसा आदमी

बेज़ूबान पशुओं को
कसाई जैसा आदमी
मुँह के कत्तल खानों में
दाँतों के कोयते से
बोटी-बोटी काटता है।

गले के कूँचे मार्ग से
खाली पेट के
भरे बाजार में खपाता है ॥

दिल, दिमाग और
शरीर के अवयवों के
राक्षस ग्राहक
धमनियों के गरम ख़ून में
कड़क तला हुआँ
बोटी-बोटी की मा खाते हैं।

शैतान विचारों की ड़कार से
आस-पास की माहौल में
बदबू फैलाते हैं ॥

प्यासी धरती माँ

तपती धूप की
पसरी परछाई में
प्यासी अचला के
आँचल में बैठा,

उजड़े वनों की
सूखी नदियों और
रेतीले समंदरों के
गलियारे में पहुँचा ॥

कहते हैं जिसको
विरान मुल्क जैसे
उस हिरोसिमाई
फ़िजाओं में खोया ॥

कहता मैं खुद को
लगता है मुझको
तवायफ़ उमराव की
बाहों में सोया,

तुम्हारी बाहों में
जानेमन
गर्म साँसों की
तेज अगन
जलाती है हमारा
तन, मन और बदन ॥

यह तपती धूप की
परछाई का अँधेरा
जैसा है फैलाव हाँ

लगता है,
वैसा ही है यहाँ।

वह पानी में लथपथ
गीली मिट्टी की सोंधी महक
न हवाओं में
न पंछियों में
सारे संसार में
न यहां पर न वहां पर।

वह बहारों की सेज,
वह फूलों की चादर,
वह कलियों-भ्रमरों का प्रेम
न देखा यहां पर
न सुना वहां पर॥

लगता है
हिरोशिमा की तरह
मेरी जानेमन
प्यासी धरती माँ
जैसी है धरती माँ
वैसी ही है वहां पर॥

प्यार के अनाज की जरुरत खड़ी है-

शायद
इस तरफ
बड़े-बड़े महलों के
दिल की छोटी टोकरी में
मनुष्यता की बासी रोटी को
मतलब की जहरीली फुफूँदी लगी हैं॥

इसलिए
एक तरफ
अनाथ बच्चों को
एक नुक्कड़ मरघट में
कूड़े-कचरे की शैय्या पर
मौत की नींद लेनी पड़ी है॥

इसलिए
दूसरी तरफ
बेघर बुजुर्ग को
दुनियाँ के बाज़ार में
विरान कूचे के महल में
राहत की साँस लेनी पड़ी है॥

इसलिए
उस तरफ
हवस के शिकार को
गंदी नाली के सड़े पानी में
बंद गगरी की कोख में
जिंदा घुँट घुँट कर मरना पड़ा है।

इसलिए
सभी तरफ
पत्थर शरीर के खेत की
उपजाऊ मिट्टी के दिल से
एहसास की ताजी फसल उगाकर
प्यार के नए अनाज की जरुरत खड़ी है॥

शक का कीड़ा

शक का
ज़हरीला कीड़ा
कोमल रिश्ते के
रसीले अनार में
पैदा होता है।

मजबूत विश्वास का
मीठा रस
कमजोर अविश्वास का
खट्टा द्रव
चूँस-थूक कर
अनार के जीवन अमृत को
अपनी शिराओं के मशीन में
विष बनाता है।

अपने नादान इंद्रिय
जवान करता है
वह एक अनेक को
जन्म देता है॥

एक और अनेक
दोनों मिलकर
अनार के दानों को
कुतर - कुतरकर
रिश्तों के अनार की
जान निकाल लेते हैं॥

रिश्तों का अनार
बर्बाद होता है
शक के कीड़े
आबाद होते हैं॥

मनोज कान्हे ' शिवांश'

पिताकानाम	श्री विनोद कान्हे
माताकानाम	श्रीमती उर्मिला कान्हे
पत्नीकानाम	पुष्पलता कान्हे
साहित्यिक	कविता एवम गद्य लेखन , समाचार पत्र एवम सोशल मीडिया पर
उपलब्धियाँ	सक्रियता।
पता	ई - 16 , गुरु कृपा कॉलोनी, एयरपोर्ट रोड, इंदौर (म.प्र.)
दूरभाष	9111158638
व्यवसाय	ब्रांच मैनेजर, औटॉमोबाईल कंपनी
मेल आई डी	manojkanhey786@gmail.com

वीरांगना लक्ष्मीबाई

भभक –भभक वो आग सी,
धधक –धधक वो धाक सी,
खडग-त्रिशूल-भाल सी,
दुश्मनों के काल सी,
सिंह के दहाड़ सी,
बाघ के प्रहार सी,
युद्ध के हुंकार सी,
ज्वाला प्रतिकार थी
सिंहनी वो हिन्द की
झांसी का चिराग थी।

रुद्र –महाकाल सी,
काली मुंडमाल सी,
तेज पुंज ज्वाल सी,
शेरनी विशालसी,
गोरों की ललकार को
स्वीकारती, दहाड़ती,
रक्त से किया तिलक,
शास्त्रों से की आरती,
चंडी रुप चन्डि का,
वो कालों का काल थी,
सिंहनी वो हिन्द की,
झांसी का चिराग थी।

मृत्यु से भयभीत ना,
झुकना जिसकी रीत ना,
राष्ट्र -धर्म,स्वाभिमान,
पूर्वजों की आन -बान,
हुंकार भर वो बढ़ चली,
अश्व पर सवार हो,
शस्त्र ले निकल पड़ी,

शत्रुओं के नाश को,
दुर्गा रुप धर चली,

चमक उठी तलवार जो,
कायरों के शीश पर,
मौत का प्रहार थी,
सिंहनी वो हिन्द की,
झांसी का चिराग थी ॥

निर्धनता

निर्धनता अवस्था नहीं, अभिशाप है,
विवशताओं भरा अनन्त आकाश है,
नन्हे सपनों पर परिस्थितियों का वज्रपात है,
नवांकुरित अपेक्षाओं का निर्दयी गर्भपात है,
दो जून की रोटी, पल-पल संघर्ष, अभावों का सार है,
पग-पग ठोकर, याचना की दृष्टि, दर दर तिरस्कार है।

निर्धनता स्वार्थ,लोभ और अति संचय का पुरातन परिणाम है,
मनुष्य की भौतिक आसक्तियों की अतृप्त लालसाओं का प्रमाण है
भूख है, आंसू है, मनुष्य के अंधाधुन्ध विकास का अति गम्भीर विकार है
इर्ष्या है, द्वेष है ,मनका क्लेश है,
सुप्त मानवीय संवेदनाओं का विशाल आकार है,
मन की कुण्ठा है ,जीने की चिन्ता है,
दुखी हृदय का गहन सन्ताप है,
निर्धनता अवस्था नहीं अभिशाप है,
विवशताओं भरा अनन्त आकाश है ॥

मैं भारत देश निराला हूँ

ऋिषी मुनियों के तप से शोभित
पवित्र धरा का चंदन हूँ,
सत्य ,अहिंसा ,त्याग -तपस्या,
देव भूमि का वंदन हूँ,
प्रेम, करूणा ,शांति पथ का ,
मैं पथिक मतवाला हूँ,
वसुधैव कुटुब कम भाव सँ जोए,
मैं भारत देश निराला हूँ,

शौर्य ,पराक्रम ,बलिदानी गाथाओं का ,
एकअनूठा सार हूँ।
मानवता के सर्वोच्च मंत्र का,
पुनीत सनातन संस्कार हूँ।
तमसोमाज्योतिर्गमय का ,
मार्ग दिखाने वाला हूँ।
वसुधैवकुटुंबकम भाव सँजोए,
मैं भारत देश निराला हूँ।।

विश्वगुरु का मान मिला,
सारे जग में सम्मान मिला.....
मैं तो गोकुल की गलियों में रमकर,
गीता की अलख जगाने वाला हूँ....
वसुधैवकुटुंबकम भाव सँजोए,
मैं भारत देश निराला हूँ....

मैंने नतमस्तक होकर देखी,
गुरूगोविंदसिंह की कुर्बानी.
राष्ट्रधर्म पर शीश चढ़ाते,
अजर -अमर वो बलिदानी,

मैं गुरूओं की पावन गाथा का,
गुणगान सुनाने वाला हूँ।
वसुधैव कुटुंबकम भाव सँजोए,
मैं भारत देश निराला हूँ....!!!!

मैंने देखी राजपूताना,
ठाट- बाट की परिपाटी
मैंने देखाबीमहाराणा क़ा,
वो भाला वो हल्दीघाटी,
मैं वीरों का वो पावन,
इतिहास बताने वाला हूँ.....
वसुधैव कुटुंबकम भाव सँजोए,
मैं भारत देश निराला हूँ....!!!!

मुगलों के अत्याचारों ने जब
त्राहिमाम मचाया था,
वीर शिवा ने रणभूमि में,
हिन्दवी मान बचाया था,
मैं वीरमराठों के अमरशौर्य का,
वो चित्र बताने वाला हूँ....
वसुधैवकुटुंबकम भावबीसँजोए,
मैं भारत देश निरालाहूँ......

घाव सहे मेरी माटी ने
'गैरों' के 'गैरतमंदों'के
तुम व्यापार न चलने देना
अब स्वार्थ के अंधों के,
मैं "रघुकुलरीति" का वंशज
तुम्हें जगाने आया हूँ,
वसुधैव कुटुंबकम् भाव लिए,
मैं भारत देश निराला हूँ....!!!

मैं एफ. डी.....कर देता

काश कोई बैंक होती तो ख्वाहिश मैं जरूर ये पूरी कर लेता......

अपने बचपन के दिनों की मैं, "एफ. डी." करदेता.....

काश! सहेज कर रख पाता अनमोल से पल!

बहुत याद आता है वो बीता हुआ कल!

वो बाल सखा!

वो तकरार!

अल्हड़ सी मस्ती,

वो दोस्तों का प्यार,

वो रूठना दोस्तों से,

फिर खुद ही मान जाना,

कितना खूबसूरत था,

वो बचपन का जमाना....

गिल्ली-डंडा,पतंग-कांचे,

वो अजीब से खेल....

मस्ती में मस्त वो बचपन की रेल...

बचकानी शरारतों पर पड़ोसी की डाँट,

वो पिता की फटकार

वो माँ का प्यार.....,

मन करता है रम जाऊँ मिट्टी के घरोंदे बनाने में...

काश ! फिर मैं लौट जाऊँ बचपन के जमाने में,

बस अगर चलता तो बात ये जरूर पूरी कर देता,

अपने बचपन के दिनों की मैं एफडी कर देता।।

कानों वाले मकान

सुनते थे कभी,
दीवारों के भी कान होते हैं!
लेकिन अब तो ,
बिना कानो के ही मकान होते हैं!
शहरों के पक्के मकान
यूँ कि जैसे ,,
"ऊंची दुकान ,और फीके पकवान"!!
अड़ोस-पड़ोस वाले कानअब यहाँ नहीं होते,

प्रेम सुकून और संवेदनाओं वाले मकान अब नहीं होते
इन मकानों में इन्सान तो रहतें हैं!
मगर इंसानियत लापता भी है,
घर के मालिक का नाम नहीं
मकान का नम्बर ही इनका पता है,
संयुक्त परिवार अब विभक्त हो गये हैं।
बुजुर्गों के लिये वृद्धाश्रम और घर में,
"हम दो हमारे दो" हो गये हैं,
संवेदनाओं भरे रिश्ते अब सपने हो गये हैं,
इंटरनेट वाले दोस्त सब अपने हो गये हैं,

पहले दीवारों में कान होते थे
क्योंकि ,
अधिकांश सबके कच्चे मकान होते थे,,,,
कितने अच्छे थे कानो वाले वो सच्चे मकान,
सुन लेते भी थे दिल का दर्द और होठों की मुस्कान,
जहां होता था सबका खुलेमन से जिक्र
सबको सताती थी दूसरों की फिक्र,,,,,
अब तो हर आदमी को जैसे,मशीन बन कर जीने कीआदत सी हो गयी है,,
शहर है, बस्ती है, मगर इंसानियत कहीं खो गयी है,!

विदाईकीघड़ी

चली रे चली रे,,,,पिया घर चली,,
लाल जोड़े में सजकर मेरी लाडली ,
ये कैसी रसम,, कैसा नियम बनाया
बेटियां तो जग में धन है पराया,,,,
है आंखों में आंसू , ये दिल रो रहा है
कि मेरा प्राण तन से जुदा हो रहा है
मेरे घर आंगन से होके विदा वो चली
लाल जोड़े में सज कर मेरी लाडली!!

याद आया है मुझको वो गुजरा जमाना,,,,,
पहले ही दिन तेरा मेरी गोदी में आना
वो उंगली पकड़ना वो इठला के चलना
मेरे घर के आंगन में फूलों सा महकना
वो गुड़िया खिलौने, मेरे घर के कोने
वो परियों के किस्से, वो सपने न सलोने
मेरे घर की रौनक, बन पराई चली,
लाल जोड़े में सज कर मेरी लाडली,
चली रे चली रे,,,, पिया घर चली,,,,
लाल जोड़े में सज कर मेरी लाडली!

कैसी ये रीति कि जिसको नाज़ों से पाला
पलकों पे बिठाया, फूलों सा सम्हाला,
मेरा नाज है, मेरा आगाज है जो,
मेरे दिल की धड़कन, मेरी सांस है जो,
क्यूँ संसार में है ये रस्मे -जुदाई,,,,
माँ-बाप के लिये क्यूँ बेटियां पराई,,,,
मेरे घर की शोभा , घर से मेरे चली
लाल जोड़े में सज कर मेरी लाडली,
चली रे चली रे पिया घर चली,
लाल जोड़े में सज कर मेरी लाडली,

है दुनिया का दस्तूर सबको निभाना,
मैं भी निभाउँगा , तू ना पलकें भिगोना।
मेरा क्या है? मैं तो जी लूंगा चार दिन!
तू उस घर में जाकर ना दिल औरों का दुखाना,
मेरी सीख यही, मेरा प्यार यही है
मेरे घर के तुझको संस्कार यही है,,,,
ना झुकना कभी तू,ना किसी को झुकाना
करे बैर कोई तो उसको भी अपना बनाना,
मेरे घर से तेरी अब ये डोली चली,,,,,
लाल जोड़े में सजकर मेरी लाडली,
चली रे चली रे,,,, पिया घर चली,
लाल जोड़े मे सजकर मेरी लाडली।।।

वचन सात फेरों के

सात फेरों के सातों वचन
तूने दिल से निभाये सनम,,,,,
जन्म जन्मों का अपना मिलन
तुझसे प्रीती,,तुझी से लगन,

कितनी अनमोल थी वो घड़ी ,
तुझसे बन्धन की लौ जुड़ पड़ी,
मन-उपवन की शोभा है तू,
मेरे जीवन की आभा है तू,
ढूँढे हर पल तुझे ये नयन,
तुझसे प्रीति तुझी से लगन।
सात फेरों के सातों वचन।।
तूने दिल से निभाये सनम,

चुनकर कांटे मेरी राहों से,
फूल दामन में मेरे भरे

मेरी आयु ' चिरायु' रहे
निर्जल व्रत, कठिन तप सहे
तेरी चाहत में मन ये मगन
तुझसे प्रीती तुझी से लगन
सात फेरों के सातों वचन
तूने दिल से निभाये सनम,

कितनी चाहत, कितना प्यार है,
मेरी खुशियों का आधार है,
तेरे होने से संसार है,
बिन तेरे जग ये बेकार है,
तुही पूजा ,
तुही चिन्तन-मनन,

तुझसे प्रीति, तुझी से लगन
सात फेरों के सातों वचन
तुने दिल से निभाए सनम,
जन्म जन्मों का अपना मिलन
तुझसे प्रीती , तुझी से लगन ।।

जीवन की कहानी

दो सांसो के बीच का फासला
बस इतनी ही जीवन की कहानी है
मौत पर जोर
ना तेरा है
ना मेरा है
दो पल का ये रैंन बसेरा है
फिर क्यूँ है?
गुरूर इतना
दौलत का,
कोई नहीं लेता
किसी दूजे की किस्मत का
धन दौलत बंगले
यहीं धरे रह जायेंगे
बाटेंगे दुआएं ,
तो दुआएं ही साथ ले जाओगे,
हमने देखा है,
बड़ी बड़ी इमारतों को
सबसे पहले ढहते हुए
झोंपड़ियों के आगे दरकते हुए
फिर क्यूँ ये अकड़
ये लड़कपन
ये नादानी है ?
दो सांसो के बीच का फासला
बस इतनी ही जीवन की कहानी है,!

श्रीमती प्रीति

पिता का नाम	श्री कृपा शंकर
माता का नाम	श्रीमती शारदा देवी
पति का नाम	श्री लक्ष्मी चन्द
योग्यता	एम ए, बी एड, बी टी सी
पत्र व्यवहार का पता	वार्ड नं 2 ,स्वामी विवेकानंद इण्टरमीडिएटकालेज खड्डा के पास, राजा बाजार खड्डा, जिला- कुशीनगर ,पिन कोड- 274802 (उत्तर- प्रदेश)।
स्थायी पता	ग्राम-गोपालपुर, पोस्ट- राजपुर (विन्ध्याचल) जिला- मिर्जापुर (उत्तर- प्रदेश)

नारी

नारी तू नारायणी, नारी तू नारायणी।
किस शब्द से तुझे पुकारूँ,मै समझ नही पाती।।
नारी तू नारायणी ,नारी तू नारायणी।
बचपन को संवारती, जवानी को संजाती
बुढापे को सहारा देती ,क्या- क्या रूप दिखाती।
नारी तू नारायणी, नारी तू नारायणी.....।।
तेरी गोद के बिना बच्चे का है जीवन अधूरा।
तेरा साथ ना हो तो पति का है आंगन सूना।
तेरी पायल की खनक से आती है खुशहाली।
तू ना रहे तो जीवन हो जाता है नीरस।
नारी तू नारायणी, नारी तू नारायणी ....।
हर रूप मे नारी तुम हो देवी।
चाहे वो हो मा या हो पत्नी।
हर रिश्ते को संवारती और सजाती।
सभी के जीवन के उपवन को महकाती।
नारी तू नारायणी, नारी तू नारायणी...।।

मानवता

मानवता चीख- चीख कर पुकार रही है,
तू है कहाँ, तू है कहाँ?
वो अपनापन जिसके सहारे, जिन्दगी गुजर ज़ाती थी।
वो है कहाँ, वो है कहाँ,?
मानवता चीख चीख कर पुकार रही है ....।
कहाँ गया वो भाई -बहन का प्यार,
जो एक-दूसरे के लिए जान दे देता।
आज चंद सिक्कों की खनक से,
सब रिश्ते फीके पड़ गये।
मानवता चीख चीख कर पुकार रही है...
कहाँ है वो इन्सान जो दूसरों के,
दुःखो को देखकर दुःखी होता।
आज का इन्सान तो दूसरों के,
दुःखो मे ही अपना सुख खोजता।।
लौट आ वापस ऐ समय! तू फिर से वही।
जो फ़िर से दुनिया को जन्नत का नूर बना दे।।

निर्ममता (मानवों का अन्य जीवों के प्रति)

हे मानव! तू इतना निर्मम कैसे हो गया?

किसी जीव की हत्या कर ,तू खुश कैसे हो गया?

क्या तुझे दया नहीं आती? उस जीव को मारकर।

जिस ईश्वर ने तुम्हे रचा ,क्या उसे उसने नही रचा?

हे मानव तू इतना निर्मम कैसे हो गया ....?

क्या तू अपने हाथों से,अपने बच्चे को मारेंगे?

फिर उस जीव के बच्चे को ,कैसे तूने मारा?

जो जीवन तुम्हारे अन्दर है,क्या उसके अन्दर नहीं?

क्या अलग है उसमें आकार ,रूप या रंग?

क्यों तुमने उसे अलग समझा?क्या नहीं उसमें?

क्या वो तुम्हारी तरह सास नहीं लेता?

फिर क्यों दया नहीं आयी,उसे मारते हुए?

हे मानव! क्या तू मानव कहलाने के योग्य है?

कहाँ है? वह दया ,प्रेम सहिष्णुता कहाँ है?

हे मानव! मेरा यह यक्ष प्रश्न है तुझसे?

क्यों मार दिया अपनी मानवता को जिसके,

वजह से तेरा अस्तित्व तेरी मर्यादा है?

जीवनसाथी

है जरूरत दोनों को एक-दूसरे की।
एक के बिना बेकार है,जिंदगी दूसरे की।
एक है डोर साँसों की,दूसरा है दिल की धड़कन।
है कल्पना से परे ,जिंदगी एक-दूसरे की॥
जिंदगी खुशनुमा है अगर साथ हो जीवनसाथी का।
नहीं तो ढलती शाम है ,जिंदगी जीवनसाथी बिन॥
चाहे हो जवानी, चाहे हो बुढापा।
साथ तो जरूरी है जीवनसाथी का॥
है सभी को मालूम की अनमोल है जीवनसाथी।
ईश्वर का दिया अनमोल उपहार है जीवनसाथी॥
संभाल कर रखिए सभी इस प्यारे से रिश्ते को।
'जीवनसाथी' बिना अस्तित्व बेकार है जिंदगी की॥

अकेलापन

कौन कहता है कि, तुम अकेले हो?

नादान है नहीं जानते कि तुम,

अपने आपको जानने वाले हो।

ये अकेलापन देता है अदम्य शक्ति।

एहसास दिलाता कि हम भी कुछ हैं॥

कभी ना घबराओ इस अकेलेपन से।

खुद के साथी तुम स्वयं हो॥

कोई धोखा नहीं देगा तुमको,

इस अकेलेपन में।

कोई फायदा नहीं उठा पायेगा,

तुम्हारा इस अकेलेपन में॥

कभी ना घबराओ इस अकेलेपन से....।

तुम तो भाग्यशाली हो, जो कुछ भी कर सकते हो।

जब खुद को समझोगे तभी तो चमकोगे।

ये अकेलापन तुम्हे वहाँ पहुँचायेगा,

जहाँ तुम सितारा बनकर चमकोगे।

कभी ना घबराओ इस अकेलेपन से...।

सुकून

है सुकून कहीं नहीं, फिर भी मन ढूँढ रहा।
जिसकी चाह में दर – दर भटक रहा।
मिल नहीं पा रही मंजिल, ना जाने किसकी तलाश है?
फिर भी अंधेरे में बढ़ता चला जा रहा।
हो सकता है कि कहीं छुपा हो।
पर जाकर देखा तो वहाँ कुछ न मिला।
है सुकून कहीं नहीं फिर भी मन ढूँढ रहा ...।
मन के उधेड़बुन में जीवन आगे बढ़ रहा।
नित नयी आशाओं के साथ दिन ढल रहा।
मगर वह आशा की किरण शाम तक मुरझा जाती।
है सुकून कहीं नहीं फिर भी मन ढूँढ रहा ..।
क्या है वह जिसको पाकर मन शान्त हो जाय?
फिर कोई पिपासा मन में जग ने न पाये।
ऐ खुदा! दे दो हमें वह सुकून जिसको ,
पाकर जिंदगी जन्नत बन जाये ।।

भारत के वीर सपूत

ऐ हवाओं! तूफान से कह दो, इनका रास्ता मत रोके।
ये निकल पड़े हैं ,अब मंजिल को पाकर ही रहेंगे।।
जब तक सांस है जिस्म में अब रुकना नहीं।
चलते रहना है जब तक कि मंजिल मिल न जाये।
ऐ हवाओं! तूफान से कह दो इनका रास्ता मत रोके....।
चाहे अंजाम अच्छा हो या बुरा परवाह नहीं।
अब तो पाकर ही रहेंगे अपनी मंजिल।
चाहे जो भी लुटाना पड़े कफ़न बांधकर निकले हैं।
अब तो ये मंजिल अपनी पाकर ही रहेंगे।
ऐ हवाओं! तूफान से कह दो इनका रास्ता मत रोके..।
चाहे सर्दी हो या हो गर्मी, चाहे बारिश हो या हो सूखा।
परवाह नहीं है मेरे देश के रक्षक हैं ये।
अब कोई नहीं रोक सकता इनको आगे बढ़ने से।।
ऐ हवाओं! तूफान से कह दो इनका रास्ता मत रोके ..।।

है जिंदगी कहाँ, कोई मुझे बता दे?

है जिंदगी कहाँ, कोई मुझे बता दे?
हर कोई एक-दूसरे को, पीछे करने में लगा है।
अब तो सांसें चलती है केवल नाम की।
अगले दिन की उधेड़बुन में हर कोई लगा है॥
है जिंदगी कहाँ कोई मुझे बता दे...।
पैसों की खनक पर बिकती हैं जिंदगियां।
अब तो एक-दूसरे को ,मारना हो गया आसान।
दिन बीतता कब रात है होती, पता ही नहीं चलता।
आपस में सभी प्रेम को है तरस जाते॥
है जिंदगी कहाँ कोई मुझे बता दे....।
कभी दो पल का समय नहीं एक-दूसरे के लिए।
सभी अपने जीवन के परेशानियों में ही पड़े रहते।
खो गया वो समय जब प्यार का एहसास होता था।
अब तो ईर्ष्या-वैमनस्यता ने है अपना घर बनाया॥
है जिंदगी कहाँ कोई मुझे बता दे ...।
हे मानव! लगा लो सबको गले खुशी से जी लो जिंदगी।
छोड़ दो वैमनस्यता और जी लो अपनी जिंदगी॥

मां

मां तेरे आंचल का क्या मोल लगाऊं?

तू है अनमोल तेरा क्या मोल चुकाएं?

तू है तो हर ज़िद्द पूरी होती है।

तेरे साये में हमारी, जिंदगी महफूज रहती है।

कितना कष्ट सहती है, मगर उफ! नहीं करती है।

अपने बच्चे के लिए दिन-रात एक करती है ।।

मां तेरे आंचल का क्या मोल लगाऊं...?

हर सपने को पूरा करती, मंजिल तक पहुंचाती है।

जिंदगी में कुछ करने, जिंदगी जीने का रास्ता दिखाती है।

एक-एक कष्ट को हंसकर झेल जाती है।

अपने दुःख को दवा समझकर पी जाती है।।

मां तेरे आंचल का क्या मोल लगाऊंगा ..?

आज मैंने महसूस किया, मां तेरे त्याग को।

कैसे पाला होगा मुझे, कितने कष्ट सहे होंगे तुमने।

जब मैं भी इस पड़ाव पर पहुंच गयी।

तब जाना, मां कहलाना आसान नहीं होता मां।।

साहित्यनामा
ऋतुराज

मुक्त-तरंगिणी

साहित्यनामा

राकेश रमन श्रीवास्तव

“फ़ास्ट ट्रैक”
संपादिका : नीतू सिन्हा

प्रखर गूँज
साहित्यनामा

www.ingramcontent.com/pod-product-compliance
Ingram Content Group UK Ltd.
Pitfield, Milton Keynes, MK11 3LW, UK
UKHW021312160826
14477UKWH00023B/383

9 788194 093824